문학과지성 시인선 224

청춘

김태동 시집

문학과지성 시인선 224
청춘

초판 1쇄 발행 1999년 6월 15일
초판 3쇄 발행 2018년 4월 26일

지 은 이 김태동
펴 낸 이 이광호
펴 낸 곳 ㈜**문학과지성사**

등록번호 제1993-000098호
주   소 04034 서울 마포구 잔다리로7길 18(서교동 377-20)
전   화 02)338-7224
팩   스 02)323-4180(편집) 02)338-7221(영업)
전자우편 moonji@moonji.com
홈페이지 www.moonji.com

ⓒ 김태동, 1999. Printed in Seoul, Korea

ISBN 89-320-1081-1 02810

문학과지성 시인선 224

청춘

김태동

1999

시인의 말

한 시절이 간다
한세상 같이 살아가는 거룩함을 잊
지 않고
살아야 한다

1999년 6월
김　태　동

청춘

차 례

▨ 시인의 말

버드나무 가지 아래에서

개 한 마리 빛을 마시며 물을 물고 江으로 간다 강 밑, 감나무 한 그루 검은 가지 무수히 뻗고 하늘에는 땀, 흘리는 밧줄 뎅그러니…… 그 아래 푸른 물방울들, 운다 어느 추운 새벽 거리에서 언, 얼어가던 시체 하나!

피를 부르는 나뭇가지들

어디 갔다 이제 왔니 내가 너를 얼마나 기다렸다고
정말이야 내가
이 연등 들고 얼마나 기다렸다고 이 길에 서 있니
저렇게 우두커니
잎 달고 서 있니 나무야 나무야 어디 갔다 이제 왔
어 응!
내가 얼마나 울며 기다렸는지 알어

내 목에 밧줄을 풀어줘, 어서!

이 찬란한 햇빛, 이 찬란한 햇빛,
나에게 쪼이고도 실려갈 이 찬란한 햇빛덩이!
그 후,
처박힐 것이다 한 번 뒤집힌 혹은 흔들린 잎들은 영
원히······
처박힌다 아득히 하늘 아래로 떨어진 영혼을 물들이
며

그렇다! 아 나무들은 휘황하다 초록불을 켜고 나무
들은 휘황한 잎새를

내 목에 처연히 드리우고서 뱀들, 휘황한 뱀들,
내려오고 있다

내 목에 밧줄을 풀어줘, 어서

푸른 개와 놀았다

1

아 아 이제 더 이상 죽이지 말자 이것이 아니다 이
것이 아니야 저 새들과 꽃과 나무처럼 내 여린 가슴에
그대 흙을 담고서 잎 지고 꽃 피고 잎 지고 꽃 피고
이것이 아니다 이것이 아니야 그래, 여기 등 굽어 그
대 날개 치는 푸른 개여 하늘 江 어귀 이것이 아니란
말이다 이것이 아니야 쇠스랑 물고 푸른 개야 날개 치
는 푸른 개야 더 이상, 죽이지 말고 컹, 컹, 컹, 하늘
보고 짖지 말아다오 내 마음의…… 개야 물빛 심장 죽
은 개야

그때 멀리서도 왔지 고운 蓮燈 들고 왔어 몇 바퀴
이 굽은 나무 돌아 여기까지, 끌고 왔어 멀리서도 왔
어 나 물빛 바닥 당신 앞, 엉엉 울었다 내가 잘못했어
울었어 뼈 속 물 묻은 너 바닥, 붙들고 불꽃같이 울었
어 솟는, 개야

……검은 배 검은 배 오직 물 묻은 뼈 속 노을 노
저어 푸른 방 헤집고 물살 가르는 검은 배 검은 배 헛
바닥 같은 낫 들고 흰 머리 검은 고개 어머니 神主단

지 모시며 어머니 어서 돌아들 가시오 江물에 띄워보
낸 상여몸이야 還俗할 요령 소리 울릴 테지만 어머니
쩔렁, 쩔렁, 푸른 잎 갉아먹고 어머니 이 무덤에 피가
돌아요 바람이 불어요 엄마아 여기가⋯⋯ 검은 배 검
은 배 다시 한 번만 몸 푸른 등 끌며 노 저어 오라 노
저어 오라 여기 등 굽은 시대, 누워 날개칠 그대 오라
어여 여기⋯⋯

2

　아저씨 그러면 저는 식물처럼 혼자 걸어요 달과, 달
이 불러들인 그 기나긴 무덤들, 魂들 하나 둘 이승의
하수구 물빛 부여잡고 일어나 어제 죽은 黃氏 장례식
에 참석하고 오늘은 듬성 듬성 무덤 끌어 거리로 가지
요 식물처럼 나는요 그들의 신발 검은 뿌리 붙들고 조
금씩 조금씩 돋아나, 생채기 물방울이에요

　―아저씨 저 좀 데리고 가주세요 네!

　魂들은 피 흘리며 전봇대 쇠뭉치 뛰어넘어 時代의
험한 전깃줄 날아 하늘로 하늘로 떠갔지만 나는요 식

물처럼 나무, 등걸에 굳어, 섰는 소녀의 팔을 잡아요

　　—애야 우리가 불러들인 罪는 우리가 갚아야……
　　—아니에요, 아니에요 아저씨 당신은 식물인걸요
　　—그렇지만 애야……

3

푸른 개와 놀았다 채소밭 오이밭 파 마늘 그런 모든 것들
것들
어기적, 어기적, 씹어 먹는 푸른 개
나는,
내 생애가 조금씩 줄어든다고 들판을 달리며 비명을
질렀다
푸른 개가 달려와서
이봐 친구, 어서 이 파를 먹어
……

어제도, 붉은 열매를 물고 罪의 江으로 갔다

물고기들이, 상처를 물고 벙긋 벙긋, 입맞추었다

─내 것을 주세요 내 것을 주세요

떼지어 소리쳤다 한이 맺혔어

4

무지갯빛 개망초꽃 무지갯빛 개망초꽃
山으로 下山하는 무지개 핏덩어리
소리에 타들어가는 마지막 노을
……斑點이야 날개 치는, 바다니? 病이야, 생명
은?……
누가 와서 울어다오 울어줘 어서! 下山하는, 무지갯
빛아
이끼 돋았니 집 없다 개망초꽃이 너의
이름이고 푯말이야 잊어야지 恨의 세월 안 그래
里程標가 온통 청동빛 구리로 활활 타오르고 있어
눈이 온다고! 눈이 온다고!

푸른 개와 놀았다 그리고, 울부짖었다
들판 따라 떨어지는 무수한, 生涯 우박들, 밟혔다

깜깜한
밤이 왔다

―으깨어지는 生, 으깨어지는 집이여

그리고 그 후 당신 입가에 묻은

물가에 갔다 푸른 개와 놀았다 주검이 헤엄치더라
당신, 발 밑 돋아나는 풀이더라 우연히 봤다 천둥이
쳤고, 까마귀 울었다 검은 울음 뒤 떨어지는 물, 가에
갔다 물빛 보았다 집, 헐은 산 주검이…… 둥 둥 뜨더
라 물가에 갔다 돌아보지 말고 몸 속

떠나다오! 푸른 개야

그 하늘 강 어귀

흔들리는 너를 잡으며 물 깊이 종소리 저녁 종소리, 듣는다

항아리를 안고 일어서지 마! 모든 온갖 새들이 우 — 우— 지저귀며 거리로 나와

사람들, 혼 있는 사람들! 하늘 한번 봐, 응, 보여?

핏덩어리! 핏덩어리! 일어서지 마 새들이 가지 부러 트리며

울고 있잖아, 목말라 혼에 절인 잎들 툭, 툭, 울고 있잖아!

꽃들, 천사들, 하늘에 피멍 든 상여가 출렁거려

하늘아, 하늘아, 피 흘리는 천사들 좀 살려주라!

여 보

비가 오니 고양이가 처절히 운다
애 울음 같은 저 울음은 도대체 아직도 거기서 운다
저 울음의 정체를 어떻게 어디서 찾을지? 비神이여
나에게 가르쳐주오
저 울음이 몰고 오는 저 너울대는 흰 그림자를 어
서!

방에 드러누우니 천장에 뱀이 꽃을 물고 기어가고
물무늬 어리는 생에
가시 돋친 뻐꾹새가 부모가 그리워 운다 방 전체가
울음 바다인 여기 드러누워 허우적이며
육신이 실려 물결치나 어디로 가나

"내 모가지 돌려다오
누가 내 모가지 부러트렸느냐 내 먹살을 잡고 내 머
리를 뜯으며
누가 이 철창 집어넣었느냐 너도, 결코 너도 편치
못하리라
어서 내 모가지 돌려다오
어서!"

두꺼비는 능청스럽게 습습한 연못가에서 제 평생을
기어가며 살아가네
　인연의 깃을 치며 꽈악— 꽉, 꽉, 나는 비 맞으며
당신 언저리를 맴돌며 울고
　당신 한 발씩 저기 커다란 눈을 뜨고

　여보

　나를 보는구려 나를 보고 있구려

원 한

내가 저어기 칠성산 지는 꽃 한 송이를 너에게 보여
주기 위해 이렇게 달려왔다 가물치야

가물치야 너 눈 속에 웬 검은 눈물이냐?

미륵이는 물 속에 살고 있지?

너 눈 속에 별이 흘러 검푸른 별이 떠 흘러……

여봇시오 어디 가시오 여봇시오 어디 가시오 나요?

저 무덤 고기들을 죽이러 가오 저 원한의 고기들을
죽이러 가오

귀 신

"내가 저 밑 계곡 어디엔가

눈알이 뒤집힌 고양이의

시체를 묻은 적이 있지

지금은 봄인데,

내가, 저 밑 계곡 어디엔가

눈알이 뒤집힌 고양이의

시체를 묻은 적이 있어"

"호 호"

한 시절에 우리가

형 미치겠어 왜 이렇게 구토가 나는지 형, 미치겠어
형

날 좀 구해줘 형! 내가 어디로 가나 내가, 어디로
가
내가 왜? 어디로, 가야 해 형! 여기가 어디, 내가
가야
해 형! 날 좀 구해줘 응 형!

그러나 형,

풀 위에 물 있고 물 위에 棺 있고 棺 위에 하늘
있어 떼어메고 가는 흙 있어 이 십자가 먹고
木漁 치며 율무꽃 부용꽃 둥 둥 떠다니니 이
게 生이냐 死냐 형 너희는 살고 나는 죽었나
너희는 살고 내가 죽었나 말이냐 거칠다 정말
거칠다 이 나쁜 놈아 이 죽일 놈아 왜 죽였어
왜? 왜 죽였냐 말이야아—

이— 이— 풀, 이 거친 풀, , 이, 이, 거친, 왜?

그러나 형 여기가 변하지 않으니 이 독풀을 어디로,
끌고 가나 형?

마음 한구석에서 어머니가 나를 붙잡는다 형!
애야 이리 오렴 이리 오렴 겁내지 말고 어여
너희, 친구들이 거기 거기 죽었다 애야 애야

어디로 가나 형! 빨리 나 좀 구해줘 응, 형!

그러나 그러나 뱀과 나비가 나를 깨물고 한강 둥 둥
떠내려가고 있는데 형!

어디로 가야 해 정말, 응, 형!

미친 물소, 미친 물소,

　허파를 쥐고 쓰러져 우는 아이를 쥐고 물소 간다 물
소에 대하여 허무는 넋의, 자맥질에 대하여 늪 같은
　늪에 대하여, 물소 간다 공기 방울에 걸려 작은 허
파 고무신에 걸려,
　사형당하는 물소의 늪, 창 찔린 물소의 늪, 물소 간
다, 물소 간다,

　물칼로 베어버린 모가지에 피가 오르고 버드나무,
붕대를 감은 환영!
　처녀들이 보이오? 하얗게 꽃 핀 저 강간당한 달 속
강물의 넋들, 환영! 흔들리오 애벌레가 처녀를 먹고
있소 서둘러

　그림자에 싸여 죽음이여 도취된 물을 주오 애벌레와
처녀, 달을 낳은 처녀들은 아직
　물 속에서 허우적이고 7月이 가까이 온다 가까이 와
도, 거기 무너진 입들을 보여주지 않고 있소
　환영! 도깨비들은 燈을 켜 들고 서성인다 그럽디까

　내 방을 걸어 잠가도 물밀듯이 꽃들은 쳐들어오네

내 窓門을 내려도 물밀듯이 꽃들은 넘어오네

　내가 묘비라도 되는가 나에게 화원을 달라, 원혼이
잠들 듯이 나도 잠이 들고, 굳은,

　내 몸을 찌르며 물밀듯이 꽃들은 연이어 쳐들어오는
데, 내

　목이 잠긴다, 물결친다, 이—

　도취된 물을 주오 이 피치 못할 물빛 들어주오

　"자르네, 자르네,"

　흐르는

　물이여 피범벅이 된 검붉은 소에서 우어! 우어! 물
소 굽이쳐

　온다 처절히, 처절히 흘러……

하늘로 흐르는 강

강이 하늘로 흐르는 곳
술취한 老人이 소를 몰고 강을 따라 하늘로 걸어간
다
깊은 소를 나와 검은 물이 일렁이고
연등은 뱀처럼 굽어 산으로 사라지고
내 愛人은 그 깊은 소 물 속에서 미쳐가는데
낫 같은 달이 내 목에 걸렸다
"내 따뜻한 손으로 너의 목을 잡아줄게"
터널을 지나는 지금은 어둡다
내 목에 피가 흐르네
이 피를 타고 하늘로 가자 어둡게 어둡게 깃대를 꽂
고서
굽이 굽이 돌아— 하늘로 가자
저기 소들이 검은 깃대를 꽂고서 하늘로 간다
저기 술 취한 노인이 소를 몰고 춤을 추며 하늘로
간다 모두
춤을 추고 있다 피의 춤을 내 애인도 물 속에서 미
쳐가

원한의 강

1

연인이여 연인이여 내 무덤으로 오시요 나는 이러케
롬 죽어가오 인연이오! 인연이오!
피 흘리는 물고기 봤소?

2

아느냐 우리는 물에 잠겨 있다 영육이 오고 가는 이
외로운 소에서
너는 피 흘리고 있는 나를 아느냐

어서 너 방바닥으로 가 어서 너 방바닥으로 가 너가
누운 자리
파보아라

내가 거기 있다 어서

3

피가 나는 물고기를 물고 저기 사람이 우두커니 서
있다
환한 물고기 눈을 하고

사형수

그래 내가 살아가는 동안에 헛된 꿈은 꾸지 말기로
한다
어젯밤에도 그 어젯밤에도 나는 창문을 열고 내가
물 위에 떠 있나?
의아한 내 입 속 물고기들 기어들어왔다 가득 찬 물
은 지붕을 덮더니 이내
물바다를 이루며 하나 둘 나를 삼키고 내 호주머니
가슴뼈 물꽃을 피우며

거푸집을 지었다 나는 쓰리고 아팠지만 내 가슴 돋
아나는 물고기집들 그들이
점점 물풀과 이끼를 실어와 어쩔 수 없었다 벌려진
내 입 속 물고기들 지나갔다
움직일 수 없을 만큼 나는 살아야 한다고 생각했다
내가
물 위에 떠 있나

머리를 풀어헤치고 육체는 진물 흐르고 눈은 몇 마
리의 뱀이 형형한 꼬리를 감고
거미줄이 밥이요 먼지 낀 거울이 제 옷인 사람이 살

고 있었지 푸른 강물이

　넘쳐 흐르는 이 집에 이 방에 소가 내장 썩어가는
구더기와 함께 윗목에

　놓여져 있고 그 소 내장 퍼 먹는 미친 여자 살고 있
었지

　—한차례 바람이 지나가고 거기 사람이 있다 나무
뒤로 가지 뒤로 거기 사람이 있다

　우두커니! 미쳐서 떠도는 사람 내 뒤로 철문 닫는
소리

　들린다 살아야 한다

　내 방을 열면 내 방안에 누가 서 있다 벚꽃은 너가
걸어들고 이쪽으로 걸어오고

　나는 여기 서서 너 음악을 들으며 나는 너가 된다
붉은 토마토를 먹으며

　나는 운다 이것이 삶이다 벚꽃은 아름답다 오늘 계
속

　살아야 한다고 생각하는 나는 너를 위해 살아야 한
다

달

하늘에 눈이 있다 하늘에 뻥 뚫린 검은 눈이, 그 깊은 우물을 들여다보고 있다
우물 밑 수렁 수렁 걸어가는 검은 나무들, 가지에 목매어 죽은
농부의 시체가 거기 걸려, 있다 바람에 흔들거리는 그 검은 눈

그 눈 따라 저승 가는 사람 있다 노잣돈 받아 술렁 술렁 실려가는 저 물결을 싣고
흘러 흘러가는 사람 있다 그 흰자위 동공은 이승으로 두고, 헛손질은 저승으로 둔 채
수렁 수렁 노 저어가는 사람 있다

저승 가는가 뭘 응시하는지 배 난간은 밧줄 울음으로 고이고 그 검은 사람 실려 실려 저승 가는가
세상은 강물 되어 출렁이고 천, 너울 너울 빛 뿌리며 그 검은 나뭇가지 걸려
흔들거리는 검은 눈!

흰 산

흰 밤, 棺을 지키며 서 있는 사람들, 흰 피를 흘리
며 거꾸러지는 사람들,
두런거리는 꽃들, 그리고 하나 둘 모여드는 사람들,
내가 관을 드니까 뒤뚱거리며 천이 흔들리며 검게
그리고 단단하게 짓물러진 쿵, 하는 냄─새,

흰 門을 나와 사람들은 山으로 언덕으로 떠나고 나
와 몇이서 폭포수를 건너 이쪽 마을을 지키는데
그의 아내와 여자 몇이서 우리를 위로하고 밥 한술
떠, 준다

"지금 저 산엔 흰옷 입은 자들이…… 왜 저리 많지?"
"글쎄 흰 피를 흘리며……"

일렁거리는 관을 들여다보며 우리는 저마다 피운 모
닥불을 응시하고
두런거리는 꽃들, 머리들,

철 거

저 모닥불은 내 영혼을 태우지 못하리라

검은 혓바닥을 내밀고 다가오는 저 看守의 굶주림도

나를 태우지 못하리라 오랫동안 나는

낯선 거리를 돌아다녔다 포크레인에 밀려가는 한 칸

푸른 집들과, 불도저에 짓밟히는 언덕받이 민들레꽃

들, 그들을 외면하며, 그들에겐 병원도 없었지만,

황량한 언덕 산을 넘고 또 넘었다

내 집을 돌려다오! 정든 사람은 정든 사람끼리 가난

했고 그들은 매일 피를 토하며 낯선 이방인과

싸우다 쓰러졌다 누가 이 언덕의 主人인가?

허깨비만 보였다 현수막을 걸고 쫓겨난

마음이지만 아침마다 개천에서 얼굴을 씻고 몸을 씻

고 하루라도 인간답게

그들은 그들의 땅을 향해 걸어갔지만, 도대체 누가

땅을 파헤치고 누가 주인인가

허깨비만 보였다 그들에게도 나에게도 그러니 이제

저 모닥불은 나를 태우지 못하리라

검은 혓바닥을 내밀고 다가오는 저 看守의 굶주림도

내 철거의 영혼 태우지 못하리라

오랫동안 나는 낯선 거리를 떠돌아다닐 것이니

투명한 너를 위하여

비가 온다
검은 囚衣 걸쳐
하나, 둘,
행렬의 가지 끝
밧줄을 든다

"살려달라!"

불을 켜라 물 흐르는 묘비를 세우며 너는 우는가

내가 푸르게 비 오는 날 휘적 휘적 두꺼비를 씹어
먹는가

버드나무여

1

꿈에 내 담장을 걸어와 내 문고리를 흔들어대는 女
人네가 있어,

내가 창문을 꼭 닫아걸어도 흔들리는 저 창문, 누가
내려다보는가 누가

거기 있는가 악몽에 시달리는 엄마를, 흔들어준 적
이 있지

일어나자 누구야! 죄지은 게 없어,

나는, 꿈에 내 담장을 걸어와 내 문고리를 흔들어대
는 女人네가 있다

간간이 부뚜막에 앉아 내 검정 고무신을 물어뜯으며

─저 여자, 하얀

꿈에 내 무덤을 찾아와 내 문고리를 흔들어대는, 남
정네가 있어 내가 여우인가 호호호 웃으며

슬픈 내 환영을 보여줬더니 "저도 눈빛 나는 짐승이
될 수 있을까요?" 촌스러운 인연을 자극하는 떠꺼머리
총각,

─자네, 자넨 이미 자네 심장을 먹고 있네, 어떤가

맛있는가

무덤가는?

2

꿈에 누가 우리 담장을 걸어가며, 내 방문으로 사람
소리 엿듣더니

꿈에 내 속사정을 아는 女人이 남정네를 끌고, 내
방문 고리를 잡아 흔들더니

꿈에 방, 어두운 텅 빈 어두운 가지 수런거리더니

내 가족을 꼬옥 껴안은 이불솜을 물끄러미 보더니
다급하게 그렇게 내 가족을 보고 있는데

문고리 흔드는 저 소리, 문고리 흔들며 다가오는 저
소리,

고무신을 끌고 문단속하는 마당 깊은 대문을 따라,
가는 나의 심장과 나의 헛손질

용서해달라!

창문에 누가 나를 노려보고 있다 우두커니 창문에

누가 나를 지켜보고 있다 버드나무

3

악몽에 시달리는 엄마를 흔들어준 적이 있어요, 나
는 죄를 짓고 사는가 보다

꿈에 내 무덤을 찾아와 내 문고리를 흔들어대는, 남
정네가 있어

거적을 걸치고 푸욱 꺼진 눈 호호호 웃으며, 노파여

슬픈 내 환영을 보여줬더니 "저도 입가에 피범벅이
에요" 촌스러운 놈, 자네

자넨 이미 자네 심장을 먹고 있어 어떤가 맛있는가
무덤가는 죄, 맛이?

무서운가

누가 내려다본다

추적이는 영혼의 밤

아내와 널판을 걸쳐놓고 밥을 먹었다 비행기가 머리
를 지나갔다
사각다리로 떨어져 콘크리트 바닥에 엉킨 行人이 門
을 열고,
들어왔다

"당신은 밥을 먹고 있는 중이오?"
한다
"아니오 나는 哭을 하고 있소!"

미열을 가라앉히고서 내 두개골을 본다 영혼이라는
본체의 덩이는
춤추는 계곡에 붙들린 집들에 사는 귀신들의 흘러가
는 곡성이거늘
누구의 빗물 듣는 육신인가
, . .

저 승

　배 가 있 는 데 그 배　두　드　리 며 툭,
툭,　노,　저　어 가　　는, 소 리 있 는 데　빈
배　툭,　툭, 두 드 리 는 내 공　허 의 밑 바 닥
휘　휘　젓 는 바　람　결,　있 는 데　　내 골 을
치　　는　데, 없 는 가 배　가 있　　는　데,　빈
배　있 는 데 툭,　툭,　그　흰—

　난　간 두 드　리 는 소　리　있　는　데　텅,　빈,
들　녘 빈,　천　, , , , 툭,　, 툭,　툭,　　, 두
드　리 는 데 배　가 있　　는 데　흰,　것 이 있
어　죽 - 은 아 부 지 가　있　어 아 아 이 구 아
이 구 휘　이—　휘 이 - 젓　는 데　젓　는 바
람　이　여 -

　아 부 지　아　부　　지

연분홍 나뭇가지를 잡고

그렇지 웅 너가 말했잖아 轉移 그걸 마시라구

너가 임마 그 나무에 매달릴 때 흔들어주었잖아 그
가지가

너 등을 훑고 너 목을 쳐, 너가 임마 피 뚝, 뚝, 흘
렸지 크, 크, 하고

너가 물 마셨잖아 잎새 떨구는 밤에 쇠스랑처럼

너가 분홍신 신고 헤엄쳐왔잖아 내 골을 치는 강물
소리 들리네

강물은 강물 되어 흐른다…… 무수한 연분홍 물방
울을 하늘로 띄우며

강물은, 무겁게 내 골을 지나 내 골 속으로 흘러가
네

강물아 휘황한 강물아

하 늘

아들아 너는 왜 여기 있니?
가자 집으로

엄마 왜 날 죽였어요 엄마
왜 날 죽였어요 왜 날 죽였어요
어—, 엄마아 왜, 왜, 날 엄마아 아

가혹한 하느님 당신이라면
여기 와
물에 젖은 시신을 보시겠습니까

이 가여린 영혼이 물에 젖어 있는 걸 보시겠습니까?
하수구에서 한 아이가 팔이 묶인 채 시체로 발견되
었습니다

흰 꽃을 뿌리며 미쳤군 하늘로 갔어 영원히 돌아오
지 않을 거야

저주할 엄마 싫은 엄마, 울지 마세요 뭐 울 것이 있
어요 시간이 가면 다 죽을 텐데

잊혀진다 저 검고 흰 새들이 떠간 종착역 넘어 녹슨 기차 소리 실어간 물빛 기억, 모두 잊혀진다

흰 꽃을 뿌리며 저주할 엄마 기린다 매일 저에게 옷 입혀주세요 저 추워요 아빠

옷 벗어 꽃 뿌려주세요 아빠 예쁜 꽃, 다발째 안겨 주세요 네!

내 머리는 초록이야 초록 달이 떴지
초록 영혼 떠 오고 있어

살려주세요 엄마

새 여

새여

우는

새여

운명을 사랑한 죄로

너는

울고 있나

영 전

샘물가로 갔지요 투명한 빛이 서러웠어요 만지면 달
아나는 물방울,
　서러웠어요 그것이
　끝일까요 전생의

　물빛이여 말을 해다오 너는 내 마음의 육체의 비석
이니

　엄마

　은빛 여울 흘러가는데 나는 비겁한 놈이다 은빛 여
울 흘러가는데
　나는 비겁한 놈이다

　은빛 여울 흘러가는데 나는 비겁한 놈이야

"당신 나를 죽였소 내가 무슨 죄가 있소 나, 지하
　100m 갱에 들어가, 검은 흙, 석탄,
　캐었소 그뿐이오
　왜 나를 죽였소 왜?"

이파리를 위하여

나무 이파리에 앉아 시체들은 놀고 있다 물방울을
통통 튕기며 놀고 있는 이 아이, 이 아이를 어떻게 하
나

흰 아이 하나가 뼈마디를 부러뜨리며 그 나무를 걸
어가고 있다

그 밑 두부장수는 검은 종을 울리며 리어카를 끌어
가고— "세월이 올 것이다 세월이 올 것이다" 부르짖
으며…… 이럴 때
나는 겨우 내 몸 속에 살아 있는 세월이라는 이름으
로 쓴다 아이야

여기가 천국이다

그렇다 이 피나는 거울 앞에 앉아 머리를 감고 있는
그대의 뒤뜰에 내 몸을 누이고 나도
하늘로 하늘로 날아오르는 천사가 되어 이파리를 먹
여주는 江물이 되어 흘러 흘러

나는 광기를 사랑하고 광기가 보여주는 서늘한 사람

푸른 눈동자 푸른 동굴 푸욱 꺼진 비의를 사랑할 수밖에

　내 몸을 쳐대는 새들의 부리를 나는 江岸에 물결쳐오는 암호를 번역하듯 굽어보고 또 굽어보고
　거문고 뜯네

　어제 마신 농약에 내 피가 흐르네 썩은 물 밑 잠겨 헤엄쳐가는 저 사람도 물 먹고 있어
　나도 텅 빈 세상을 막무가내로 타고 있는 활활 타오르는 나무 그림자임을
　눈 오는 날 알았지 차창에 어른거리는 저 그림자 이파리 뜯으며 거문고

　내 몸에 잎이 돋아난다 내 몸에 잎이

시절 시절

태양이 뜨고 꽃 피고 새 우는 날

이 땅 어느 후미진 곳 백주 대낮에 백골단이 쇠파이
프로 한 학생의 머리를 마구 두들겨패 피를 뿌렸습니
다

흰 병원차에 실려 흰 병원차에 실려 실려가는 주검

태양이 뜨고 꽃 피고 새 우는 날

어쩌면 우리도 피치 못할 세월을 살고 있으니

미친 백골단과 권력들은 또 어디론가 쇠파이프와 몽
둥이를 싣고 떠나고

죽이려 가는가

공동묘지

눈물이 가시처럼 오고 있다

물고기 처연한 검은 이파리 턱, 걸터앉아, 있는 모
습

하나님 살려주세요!

―가을이 왔다

비 맞으며 공동묘지로 갔다

눈 큰 물빛 동공 환한, 물고기 입맞추러……

내 눈이 묘지에 젖는다

하나님 살려주세요

아이 2

잎 지는 날 영혼들을 부르며 나 거리에서 죽을 것이
니 친구여
　열기는 더욱 서쪽에서 불어 가지 꺾는다 해도 슬퍼
하지 말게
　내 옆으로 장난치며 풍선 같은 아이가 지나갔어 그
래 장난이지
　그 아이의 웃음만큼 이건, 장난이야 풋풋한 이 풀냄새
　그 아이는 한 잎 풀을, 먹고 있다네 흉흉한, 그러나
지금
　이 무덤 풀들 말라죽어 枯木 같은 태양만 정오를 할
퀴며 내
　긴 江 첨벙거리고 있지 영혼의 깃발은 어디 갔나 내
헛손질의 흰,
　천은 어디 갔나 말해다오 통곡하는 자 소리여 피여
흐르는가
　말해다오 영혼은 어디 갔어 영혼은 어디 갔어 침묵
하는 나에게
　아이는 잠시, 돌아보며 웃었다

　아저씨 슬퍼하지 말어

영 혼

비가 주룩 주룩 오고
사철나무 댓잎이 비에 젖는다
멀뚱 멀뚱 눈망울 뜬 채
검은 고무신 소리 대문을 나서는데
비가 주룩 주룩 온몸으로 맞으며
거기 정지한 채 물끄러미
멀뚱 멀뚱 두꺼비

운다

내 영혼의 마지막 연인

슬픔이 다하는 날 나는 길모퉁이에서 내 영혼의 마지막 연인을 떠나보내며

아름답게 죽어가리라 그런 아름다운 시절이 있었다고 담벼락

굵은 글씨로 써내려가리라 빗물이 하염없이 내 마지막 숨결의 영상을 흘러갈지라도

나 그 빗물 되어 사랑했었다고 소리치리라 떠나면 돌아오지 않을 사람도

오랜 침묵 뒤 저 금빛 저무는 산 한 그루 나무가 되리니

누구보다 먼저 아름다운 시절 사랑했었다고 목이 메는 갈매기도 세월은 늘

물결 부서지는 암초더미에 걸려 가족을 잃고 사랑을 잃고

푸르게 푸르게 울고 있듯이

슬픔이 다하는 날 나 돌아보지 않으며

나,

이 아름다운 시절 사랑하며 이곳을 떠난다고 길모퉁이

지워지는 내 영혼의 마지막 연인이여

연인이여 빗물이 하염없이 내 마지막 숨결의 영상을
흘러간다
　이런 아름다운 시절이 있었다고 이런 아름다운 시절
이

새

　여보 내 뼈마디 쑤셔도 당신 안아줄래 여보 당신이
이 진눈깨비 오는 날
　모처럼 가지 앉은 새, 처럼 이 세상 오는구려 이 세
상 오는구려 여보

여 인

마음은 괴로워도 물결은 친다
한 발을 들여놓고서 나는 귀신처럼 운다
진달래 붉은 심장을 들고
내가 걸어들어가는 이 소
이 깊은 소 아래 내 갈 길이 있다
피로 물들여진 여인을 놓고서
밥 한 그릇 뿌리며 내 몸 전체가
붉은 울음인걸 내 무너지는
이 한탄강에서 피로 얼룩진 女人의
몸을 어루만지며 내 붉은 심장은 지금
거꾸러지고 있다 피를 토하고 있다
첨벙! 내 몸을 던지며 이 소 전체가
붉은 죄로 물들 것이다 세상 가득
흔들리는 꽃잎들을 죄로 물들여가며
그 길을 울며 내가 간다

5月의 나무 아래에서

저 빗방울도 춤을 추고 있는 것이다 한번 춤을 추고
있는 것이다
하늘과 땅을 이어주는 그런 춤을 추고 있는 것이다

"인생은 고달픈 것이다"

라고 그녀는 말하지만 5月의 어둡고 습기찬 푸른 나무
들을 통과하면서
얼굴 붉은 사람은 그렇게 생각한 것이다

검은 내장을 훤히 들여다보면서 연일 누런 주스가
된 똥통을 들이켜면서
저 빗방울 거슬러가는 영혼의 극점을 생각하면서
훤히 들여다보는 이런 구역질나는 生도 있는 것이다

밥상머리에서, 차 안에서,
푸른 무우가 먹고 싶어! 매달려보는 5月 어느 밤은
지나가고
내 귀에 경적 소리 들리는 것이다

철커덕, 철커덩,

푸른 무우 다오 푸른 무우 다오

세 월

"엄마!"

"우리는 왜 철거만 당해요 또, 어디로 가요?"

"얘야 우리의 삶이 있단다"

"가자"

"엄마!"

下界여

그토록 너는 나를 사랑했고 환락의 산 빛과 굴욕의
철조망에 매달려 오 너는 죽어 꽃이 되었구나 피에
굶주린 그대들, 사자와 전갈이 너 발을 물었으니 어
떻게 하겠는가 그대 모순의 喪者들이여 미친 江과
갈라진 바람들 저 붉은 산 흙 한 삽씩 퍼, 던지고
있다

生을 저지른 자 비참한 당신들이여 냉기에 싸여 울
부짖는, 꽃들, 꽉찬 얼음에 싸여 싸늘히 식어가는
희망과 하나 둘 부러져가던 너 열기의 나무들 짐승
이다 이거 짐승도 밥을 먹어요 부르짖으며
사악한 자 빛 보이는가 육신의 빛

통곡하는 자 그대들이여 그대 불과 얼음의 혼들이여
어서 진흙빛 늪으로 가라 열망에 들뜬 자들, 어서
迷妄에 허덕이며 빛 차단된 어둠 속 헤매는 검은 바
람들아 여기 우리들의 사랑법은
生者와 死者가 부여잡고 있는 밧줄 그 세월의 下流
에서 만나는 靑天江이니

운명의 풀들이 통곡하며 거스르는 강, 지친 영혼들
이 피 토하며 生者를 붙드는 강
　살자고 살자고 함께 살자고

　시체가 운다, 시체가, 울어

　영혼은 어디 두고 육체만 길을 가느냐 물방울들! 젖
은 솔잎에 싸여 죽은 개들이 울고
　있다 개들이 울고 있어

　너는 이를 갈며 제 몸을 물어뜯었지
　불더미에 휘감기는 검은 나무들 타타탁 타들어가며
그 가지 이파리 부여안으며
　"천연두가 돋았어 역병이 돌아" 피 흘리며 제 몸을
물어뜯었지 너는

　빛을 지고 강들이 등 굽어 신음하듯

　"천연두가 돋았어, 역병이 돌아,"
　죽이 되도록 외치며 비들이 꽃비를 내릴 때 지천으

로 깔린 지상으로 亡者의 입
중얼거렸지 중얼, 거렸어

"下界여 강은 흐르고 있지 않습니까?"

5月

　신록의 강물은 모든 시체를 하늘로 옮겨가고
　피로 얼룩진 여자들의 전생을 뚫고 아이는 아침을
운다
　새는 5月을 울고 하늘엔 잿빛 가운을 걸친 구름이
있다
　어느 골짜기에서 이토록 성스러운 밤이 아침을 만들
었느냐

　그 개는 벽을 핥고 있지만 피가 고인 심장은 제 벽
에 춘화를 걸고 자위를 한다
　한 늙은 노동자의 게거품을 문 장갑도 그 딸의 섹스
를 말리지 못하니
　트럭이 그녀를 싣고 들판 나간다 해도 강간과 그룹
섹스를 누가 말릴 수 있으랴
　그토록

　오랜 벽지를 허물며 흙은 제 땀을 대지에 뿌리고 무
너진 육체는 색깔이 검다
　현기증 나는 아침의 여울, 십자가도 눈물 흘리는 아
침의 여울,

"잘 가거라" 아내는 웃지만, 아침상을 차려놓고 아이
는 가방을 들고 공중 실종되었다
　그들이 죽었다

　차가운 철판을 깔며 아직 암흑을 모르는 새떼와 아
이들이 순백의 5月을 날아가고 내 넋은
　어떤 파도를 타고 출렁거리는지 팅팅 부어오른 시체
를 타고
　행진 행진하는 이 피치 못할
　고요한 아침의 나라 대한민국 흰 아스팔트에 서서
불러보는 5月의 장송곡 한 자락

　모든 죽은 이들이 길바닥을 깔았네 밟고 가세 밟고
가세 인연의 끈을 밟고 가세

　강물아 서러운 강물아

강

"그 노인은 아직 거기에 있습니다"

　　그 老人은 수십 년 감옥에 갇혀 말을 잃었습니다 그
소녀는 아버지가 술에 취해 빚쟁이를 칼로 찔러 죽인
후, 말을 잃었습니다 그 아이 엄마가 가출한 후, 풀만
뜯었습니다 그 청년은 친구가 최루탄에 맞아 失明되고
말을, 못 하고, 잃었습니다 金氏가, "하루를 살아도
인간답게 살고 싶다!"고, 옥상에서 부르짖으며 하늘,
떨어져, 불에 타, 죽었습니다

　　山寺, 스님은 혼과 넋을 들고

　　　　　　　　　　　　　　　말을, 잃었습니다
　　　　　누가 죽였나

　　　　　"그 노인은 아직, 거기에 있습니다"

　　죄수처럼 우리는 모두 수갑을 차고 하나, 둘, 나무
밑을 걸어 감옥으로 갔습니다
　",감옥에선 쥐를 먹는다 쥐를 먹어,　"
　　　　　　"그 영감은 넋이 나간 사람입니다 겨울에

밭이나 매고 하는 광인이지요"
나무 의자 하나가 툭 떨어졌습니다
그는 컥, 하며
세상을 그만, 살았습니다
겨울 나무처럼 혼은 그대에게
주고　　나, 여기 유배지, 감옥에서 이파리 흔
드오.　　여보! 우리가 이렇게 헤어져
한평생,　　　한평생, 살았소 살았소

비

저 소리 듣는다 저 소리, 저 소리에, 저 소리에 누
가, 미쳐서 떠돌고 있나

비가, 비가 온다 저 소리 들어

비 온다 누가 소리를 중얼거리며 떠돌아다니나

그의 이름을 모른다 그의 얼굴 그의 목소리까지

비가 온다 비가

어떤 소리가 비를 맞으며 중얼거리나 이토록 인연이
질기고 질기나

그 소리 떠 다닌다 이상한

그 무엇이 지금 저 골목 저 건물 저 하늘에 중얼거
리며

나는 그쪽으로 걸어가고 있어

비가 온다 비가

저것은 사람인가

미나리

무덤을 돌아 흐르는 개천 그 개천의 이름을 우리가
靈川이라고 부르기로 하자 흐르는 거기 무서운 세계가
있어

아이와 달 그녀와 헝클어진 머리 거머리가 서식하는
미나리의 정신이 거기 흐르고 있어 흐르는 미나리 흐
르는 미나리, 와 그녀가 거기 흐르고 있었다

흐르는 미나리를 덮어쓴 그녀가 거기 울고 있었다
미친 입가를 닦으며 그녀가 미쳐가고 있어 흐르는 미
나리 흐르는 미나리 처연한 개천 흐르고 있어

죽은 집의 기록

1

전화가 왔다 "그가 죽었어"

나는 헌 옷가지를 걸치고 문을 연다. 바람이 차다.
이 여름에도 눈은 오지 않는다. 무엇보다 골목에 가득
찬 낙서들이, 푸르게 떨고 있다. 땀도 흘리지 않고 꽉
찬 시멘트벽 사이로 물고기들이 헤엄쳐다니는 것을,
볼 수 있었다.

하늘을 찌를 듯 두 줄로 갈라섰는 전봇대, 헤어짐
헤어짐 거듭 되뇌이며 하늘까지 걸어가선 안 된다고,
소리쳤다. 벌레들이 후드득 떨어졌다. 곤두박질치는
유리창 너머 태양들이 산산이 부서져 골목이 너무, 조
용했다. 무심한 고양이 울음 비칠 비칠 태양의 꼬리를
물고 걸어간다고, 생각했다.

그가 죽었다. 그가,

나는 한참 후 나무를 보지 않기로 한다.
저 푸른 이파리들, 그들은 너무 많이 흔들리고 있

다. 웃고 있는 것일까. 아이들이 자전거를 타고 지금 저 잎을 건너

그런데 더욱 전화가

목이 마르다. 푸르름이라는 산. 기억이 난다 푸른 얼음 박힌 그래 푸.르.름. 더욱 그런데 누군가? 죽었단 말인가.

2

그러나 지금 꽃가게가 고향으로 가고 있다. 나는 그렇게 생각했다. 물이 차가운 바퀴수레를 끌며 창문 속 부서지는 바람에도 질주하는 시간. 잡을 수 없는 버스에도 꽃가게가 고향으로 가고 있다. 서서히 미끄러지는 사람들 틈.

내가 너의 마지막 옷가지를 너의 집에 들여놓을 때

나의 노래도 여름의 끝 천불동 계곡으로 떠난 사람들. 희미한. 희미해서 자꾸만 내 손은 눈앞에서 미끄

러져 내가 너의, 지독하게 눈이 내리는 계곡 이쪽 폭
설에 묻혀 내가 너의 마지막 손을 놓아

3

아프다 텅 빈 방 슈퍼마켓 최氏가 마지막 손님이었
다. 옆 마을에도 아저씨들이 버스를 타고 두 손 모으
며 몇 권의 시집과 비 오던 날 너 듣던 노래, 데리고
함께 모여

"형, 선생님이 돌아가셨어"

그놈이, 이 아침에 전화한 그놈이 원수였다.
그리고 또 있었다. "문득 '햇빛의 숯'이란 단어가"
그 시인도 원수였다. 모두들 왜?
끊임없이 타오르던 길풀 한 포기 깨문 붉은 길 그
층계 그것이 원수였단 말이다

그러니 이제 푸른 잎을 태우며 돌아누워 벙어리가
되자. 공중에 걸린 까치집 모두 지상의 길을 안고 넘
어질 때 아 아 새의 푸른 알, 강물은 그 속에 배를 띄

우고 벙어리 벙어리 외치며 어제의 추억, 빠져나가고
있다. 몸이 떨려온다. 내 손끝 마디 차가운 방문객이
헤집고 들어오는 門

　햇살이 입을 세우고 물어뜯는 텃밭에도 여행을 떠나
안간힘 쓰며 뒷발 차이는 물방울들, 운다. 햇살이 제
입을 세우고 방울방울 이어져

　집이 없다. 그가 죽은 것이다.

　그래 가자, 가자, 이제 가야 할 것이 아닌가. 무엇
이든 부여잡고 가야 할, 헛발을 디뎌도 빠지는 울음,
그래 가야 할

4

　그러니 열망이 키운 하루여 이제 마지막 호흡을 달
라 너희 언덕을 빠져나가는 노을의 춤, 나에게 마지막
궁핍의 음악을 달라! 제발 철저하게 내 너에게 마지막
눈꽃을 주리니 그 눈꽃 속 엉기는 피의 울음을 달라
더더욱

그러나 그는

5

바람이 차다. 이 여름 그는 그의 울음을 들고 어디
로 갔단 말인가. 그는, 죽었다는 사실을 들고 어디로
달려가 문을 두드릴까. 이제 정말 이 집에도 눈은 내
릴까. 길가 뿌려진 꽃무더기 그것에 쌓인 불토막들

하! 나에게도 이제 그는, 죽었다.

마지막 불꽃을 내며 문득문득 이 여름길 쌓이는 겨
울 이파리들

"형, 선생님이 돌아가셨어"

그래 그는 죽었다

등 뒤, 소리없이 우는 자의 門을 열고 이제 다시 눈
은 내릴까

정말 정말 이 여름에도 내릴까

죄

일어나 하늘을 보자 친구 일어나 하늘을 보자 친구
피 맺힌 영혼은 어디 두고 죽었나 너는 죽었나
　너는 무슨 말을 했던가 싸늘히 식어가면서 친구, 너
는 무슨 말을 했던가

　너는 우나 이 모든 것을 딛고 진정 우리가 우리라
부를 수 있는 곳에서 너는 우나 차가운 눈에 엉켜 떠
나는 길 떠나는 가족들 그대도 이 무지막지 슬픔의 겉
창 뚫고
　우는가 잎 지고 잎 피는 계절에 태어나 밟아도 미끄
러지는 생 떠 받들고 우는가

　흐르는 것이 어디 시신뿐이랴 한없이 울지 못하는
내 입도 꽃 주렁 주렁 열렸다
　그러니 친구 이 모든 가지를 흔들고 우는가 정녕 환
한 길 주렁주렁 꽃 물고
　너는 갔다 너는 멀리 멀리 떠났다 꽃 피는 봄 꽃 피
는 우리 뿌리치고 너는 갔다 바람에 끌려 질질 끌려갔
다 봄이 오는데 갔다

나는 오래도록 저 하늘 초록 거미 본다 생명은 어떡
하고 생명은 어떡해 임마! 제 몸을 제가 더듬으며 태
우며 가는 이 길은 진정 슬픔이다
슬픔이 넋 나가지 않으면 개새끼! 누가 내 아들을
죽였어
마음은 늘 환한 등불 투명한 물새 난다 황사病에 취
해 내가 취하지 않으면 누가 취하나

이것은 죄다 이것은 우리 어머니가 나에게 가르쳐준
슬픔이다
이파리 부여안고 나는 울었다 누가 이 죄를 끌어가
나 누가 이 시신을, 피가 맺혔다
눈물이 난다 내 가슴속 흉곽에 초록피 토하며 나는

죽었나 너는

幻을 쳐서

어젯밤 산을 오르며 수천 수만 리 폭포
떨어지는 빙하 보았다 신음하며 흰 뱃가죽을 뒤집
고
물개들이 (아, 내 가족들이,) 얼어, 얼어터진 심장
푸르른 빙하의 공포를
그 밑 엎드려 나는
수천 수만 리 그 깊은 울음의 물개를 죽이고
날아오르는 날아가는 새의 검은 새의 서늘한 환희와
환희의 먼
틈의 어둠 깊은 江에 누워

하늘이어라 하늘이어라

손짓하며

잎 틔우며 屍汁 달여 먹었네 잎 틔우며 屍汁 달여
먹었어

극락사

뼈를 빨으며 "돌아가거라 돌아가" 어서 돌아가라고
　소주를 건넨다 다리를 절며 새들은 헐벗은 가지를
하늘로 틀고
　뒤켠, 휘장을 치며 바람은 山神에 누워 그림자 일렁
이며 지장아
　삐걱 문을 열고 검은 띠 두른 그 개가 영전처럼
　뛰쳐나와 암놈을 쫓아간다 수런거리며 화닥닥 타는
덤불숲

"돌려다오 내 아들을, 돌려다오 내 아들을, ,"

　가시나무도 울었으리라 헉, 헉, 대는 신음 소리 그
老人도 울었으리라

"돌아가거라 어여, 집으로 돌아가거라—"

　스님 어서 영전에 향불을 피우시지요

"지장아"

벚꽃나무

뼈다귀해장국을 먹었다.
꽃들이 귀신처럼 피어 있었다.
낫을 들고 내가 그 노인의 등을 쳤다.
신음하는 그 老人을 부여잡고
울며.
봄을 맞는다.

이런 날은 누군가 날 따라오는 것 같고
이런 날은 꼭 누군가 내 신발을 잡아끄는 것 같다
잠깐, 하늘에 천둥이 치고 환한 世上, 걸어
가는 동안, 순간 나타났다 사라지는 거기
사람! 肉身을 풀며 휘장을 치며 언덕을 가로지르는
그
착란의 혼령들, 누구의 업인지 나는 뒤돌아보며 피
흘리는 낫을,
거둔다 내가 실려가면 저 꽃잎도 조용히 江물 되어
"내 골을 引導할 거야" 인도해다오!
죽은 愛人이 보고 싶어 천년, 묻어둔 무덤을 파헤치
는 삽과 곡괭이 같은
물결이여 인도해다오 귀신같이, ―꽃 피는 시절이

보고 싶다!

　내 옆에는 얼굴 예쁜 아내가 누워 있고

　내 뒤에는 어머니 골방, 벚꽃 핀 방, 나는, 신음하
는 그 老人을 부여잡고 물 흐르는 벽, 을

　어루만져본다 꽃들, 물결치는 헛구렁 꽃들,

"애야,

　물 위에 허수아비가 떠 있다"

절 간

물 위에 뜬 절간, 물 위에 뜬 절간, 찬이 아저씨 물
위를 걸어
　거기 당도한 그 절간, 수런거리는 어둠을 꽈─악
끌어안고 비스듬히
　門 열어놓은 그 절간 허망한 바람이 쉬이, 쉬이, 허
공을 쓸고
　혼령들 쩔렁, 쩔렁, 하나 둘 모여드는, 어두운 물굽
이 돌아누운 물 깊이…… 門을 열면

　어스름 그 절간 "어머니─"노려보며 한 아이가 뱀
이 되어 있습니다 찬이 아저씨 우두커니 서 있는 그림
자 칼을 들고
　찬이 아저씨 목탁을 치며 금강경을 읊고…… 쉬이,
쉬이,
　바람은 물을 돌아 불꽃 일렁이며 그 뱀은 굽이치
고……
　이파리에 얹혀 눈물 흘리며 세상을 어루만지며 이렇
게 빕니다
　인연의 끈을 끊지 마세요 어머니

허망한 세상을 어찌 살라고 저 절간은 물에 떠 있는
가 마룻바닥을 긁어도 머리를 패대기쳐도
　절간은 눈에서 넘실대고 안개 어스름한 저기에서 절
간은 수런댄다
　물질을 한껏 퍼 먹고 내가 당도한 이 生이라는 기슭
에 뱉은 연분홍 꽃망울에 취해 눈만 멀뚱, 멀뚱, 하고
　"이놈아 너그 할무이가 너에게 준 금강경을 씹어 먹
어부렀나 이놈아 춤을 출려거든
　너 눈동자에 바람이나 건져올리고 추어라"

　넘실대는 목을 건져올리며 허우적이는 육신! 넋을
건져낸다 물풀은 현기증처럼 넘실대고
　나도 텅 빈 눈을 내 손에 얹고, 비벼댄다 인연이란
무엇인가 참으로
　징하고 징한 내 심장이 물든다 물에 젖어 벌컥 벌컥
대는 저 머리도 쉬 이, 쉬 이,
　넋판을 기웃거렸겠지 무엇을 얻어 묵었는지 저것은
배가 山만하다 물풀을 물고서
　얼마나 울었는지 길이 다 젖었다
　오냐! 너가 절레 절레 이무기이겠지 사람을 끌어가

는 귀신이겠지 어째서 이 부뚜막까지 기어왔노

　너그 어무이는 이미 집 나갔다 붉은 꽃들이 훤하게
피었단다 눈물 흘리지 마

"내 뼈를 빨아 물고기에게 건네주세요 보살은 모두
공양입니다" 어찌 살라고 이렇게 물 깊은 계곡에 매달
아놓았는지요 내 육신을 풀어

　널판에 얹어 물에 띄워주세요 어서!

　한 많은 이 세상 너울 너울 갈렵니다 울며 온천지가
붉게 물들어도

　죄짓고 못 산다 이눔아!

　내 육신 텅 빈 절간 무슨 暗示처럼 붉은 꽃들이 훤
하게 떠 있어요

　눈물 흘리지 마라 물 속 찬이 아저씨 우두커니 서
있다

　일렁거리는 뱀들 어루만지며 찬이 아저씨 어둠 속
물 깊이 우두커니 서 있다

오 후

1

하나님 끌고 가지 마십시오 하나님 끌고 가지 마십
시오

하나님 그쪽으로 끄으을고 가지 마십시오 나는

시체처럼 벌떡 일어선다 하나님—

2

밖을 내다보니 바람에 흔들리는 나뭇잎들

춤추는 그 바람에 묻어 떨어지는 그女의 치마

더운 열기의 남도의 고랑에 흔들리는 호밋날

소들은 이런 날 어느 도시를 헤매며 물 먹는가

피리를 불며 한 老人이 춤을 춘다 피의 춤을

여 울

연등, 연등이 켜진 산중턱은 아름다워라 어둠을 흡수하는 물 같은 연등의 여울, 아련한 빛물결이 젖어드는 산중턱은 아름다워라 낯선 얼굴, 검은 얼굴, 피나는 얼굴, 부러진 얼굴 모두 일렁이는 산중턱 연등, 韓紙의 그 밭은 아름다워라 누가 칼을 들고 춤을 추시든가 누가 비닐 봉지에 애기를 싸서 매장시키시든가 누가 "아버지 죽어뻐려요" 하시든가 누가 "야 씨발년아 옷 안 벗어" 하시든가 누가 머리채를 잡고 질질…… 아름다워라 연등 개만도 못한 놈! 아름다워 연등, 연등이 켜진 물결은 이는가 잔잔히 피 흘리며 할머니가 하늘로 날아가시고 아버지가 흰옷을 너울거리며 젖어드는 산, 중턱, 물결은 이는가 피의 여울! 연등, 연등이 켜진……

귀신 바위 아래

애야 너 太初에 태양이 이 물빛 건너 검은 장화 신고 길, 물길 열어 걸어올 때 요령 소리 울며 따라왔던 아지야의 흰 천, 흰 천 훨 훨 날려보내도 절벽에 붙은 이끼보다 못한 초록恨 몸통 끌어, 안아 애야 너 태양이 전설을, 傳說의 피를 음악으로 불러 넘어질 그 물길 아래 뗑그렁 뗑그렁 傳하는 서늘한, 서늘한 歲月 머금어 갔니, 갔어 웅?

넋은 어떻게 하고 넋은 어떻게 하고

영 산

　영산을 아내와 함께 올라요 검은 영산을 아내와 올
라요
　아 아 혼들은 아름다우리 금빛 골짜기 쳐받들고 영
산 영산 검은 노래불러보세
　영산에 안기지 않으면 내 가슴이 탈 것 같아 내 가
슴이 얼 것 같아 영산아
　신령갑옷 영산 영산 검은 꽃 꺾어보세

　어떤 짐승의 울음으로 어떤 신령의 울음으로 영산은
떠오른다 검은
　강이 흐르고 하늘 구름은 뭉실 검게 떠오르고 나는
　한지의 깃을 찢어 영산 영산을 떠받들고 일어서네
　할말은 많아도 모든 시신과 모든 내 마음의 꽃들 쳐
받들고 거기
　떠오르는 영산 영산아 염(殮)옷이 하늘에 엉킨 울음
의 한지니?

　영산을 아내와 함께 걸어요 기어코 아내와 손잡고
걸어요 얼마나
　기쁘겠는가 영산을 영산을 함께 걸으며 호, 호, 입

김 불어가며

　영산을 함께 건다니 얼마나 혼들이 우리를 손잡게 하는지 기어코

　아내와 함께 거꾸러지리 영산에 가면 아내는 기뻐 날뛸 것이고 나 또한

　"그래 기쁘지" 우리가 이렇게 손잡고 영산에 오르잖아 기뻐서

　기쁘니 영산이 우리의 벼루 같은 묵(墨)이야

　원래 우리가 묵이잖아 벼루를 휘 휘 뿌렸잖아 그러니 이

　영산에 검은 벼루를 뿌리지 않고 우리가 과연 혼이라 할 수 있을까 영산이

　우릴 부부로 만들었잖아 여보! 우리가 검은 벼루 이고 있잖아 검은 벼루 말하잖아

　"쓰시지요 제 눈은 눈송이에요 눈밭에 누운 갈짓자 지렁이라오"

　그러니 치받든 붓이 검은 영산을 쓸 수밖에 검은 영산을 부를 수밖에, 없소

　여보!

女人이여 女人이여

神氣의 광채를 띠고 女人이여 오는구려
물결을 타고 화살을 쏘며 더덩실
오는구려 여의도에서 껍질 벗겨 먹은 그녀의 흰 허
벅지 사이로
물고기 데불고 시멘트 바닥을 헤쳐 허, 허,
오는구려 "나는 홍조 띤 汁 구멍이오"
텅 빈 청량한 공기 방울 비우며
비명을 지르며 女人이여 오는구려 너의 가슴 붉은
당구공 같은
젖알같이, 텅 비어
오는구려 시멘트 바닥에 누워
나 그것을 보고 있소 천국이 따로 없다오
女人이여
홍조 붉은 유방에 검은 물기가 번지고 나는 또 내
눈에
피멍이 드는구려
이 좋은 세상에 피멍이 들구말구, 하!
神氣의 광채를 띠고 女人이여
피멍이 든다오

저기, 저기, 하늘에

한 여자 고교생이, 한 여자 고교생이,

한 여자 고교생이 하의가 벗긴 채 저기, 길 가, 이
쪽을 보며 서 있다! 우두커니 혁명을 붙잡고 저기, 저
기, 하늘에 서 있다! 하의가 벗겨진 채 미쳐가며……

이것은 흐르는 碑이다
—— 청춘의 시절 『낯선 시간 속으로』를
넘겨 땅끝으로 간다

이 불써 타는 하늘에
훨 훨
천사와 거지들
피 흘리며
"이제 어디까지 가야 하늘이에요?"
땅으로 땅으로
기어가는
고목 한 그루!
"비애야! 비애야!"
푸르름 푸르름 잎 털어내며
"이 山 오르면 하늘이에요?"
"아니,"
"아니야 거긴 무덤이야"
"생전 무덤이라니까"

1

그럼 친구들 이것은 흐르는 碑이다 나는 친구들 이
어둠이 기름으로 활 활 태워버릴 생명으로 뻗고 있다
는 이 필연의 칡뿌리 삼키며 아, 이 흔들리는 기차에

매달려 죽어간 그대들 가는가 그대들 囚衣 입은 물을 먹고

　이 길엔 왜 이리 불빛이 많은가 왜 이리 환한 불빛 띠가 엉켜 우는가 끊이지 않는 이 띠들은 정녕, 귀신 인가

　진달래 붉게 핀 서러운 춤을 끌어안고 넘어가는가 비 젖으며 물 흐르는 파랑새여 휘이, 휘이, 울며 죽이 며 붉은 심장이여

"해가 바다 같다, 저, 저 해가, 갈라졌어!"

　영혼의 강물 소리 들린다 풀들아 검은 망토를 쓰고 일어나라 너가 하늘로 날아가 풀아 屍姦을 견디며 너 가 눈을 뜨고

　불밝혀라 서성이며 나무를 뚫고 나무를 먹으며 찔리 며 훤한 물고기 뱃속, 불밝혀라 환한 너 텅, 텅, 빌 때 까지 너가 눈뜨고 불밝혀라

　영혼의 강물 소리 넘어온다 본래 하나였다 내 몸과 내 꼬리 그것은 본래 하나였어 사람이 죽었다 들녘 보

았느냐

논두렁 헛디딘 빛 보았느냐 사람 물 먹는다 치마를
찢으며 그 푸르스룬 그림자 물 먹는다 검은 타래

나는 헛것을 보았다 호야를 켜고 문밖 물그림자 보
았다

2

지우고 싶다 죄들아 전남대 담장에 "저 꽃 좀 보세
요" 아이가 말했다 주검같이 "저건 꽃이다 그래 저건
꽃이다" 향 냄새가 났다

"이곳에 묘지가…… 우리 집안은 대대로 묘지가 없
어 형, 시체를 찾을 수가 없었어" 십자가를 들고 그들
이 하얗게 걸어내려오고 있다 "저 언덕에서 형, 우리
할머니가 보는 앞에서 배가 침몰했어"

"형 논에서 게가 나오는 것 봤어요? 무서웠어요 그런
데 그 게가 공양간에 와서 눈을 꿈벅 꿈벅 노려보고
있었어요 뱀도 그 절간에 자주 찾아와 운다고 하던데
요"

"선암사로 가시오 한 5년 거기 살았어요 얼굴이 없어
졌어요"

물 속 뱀 날아다녔다 물풀이 몸에 감겨왔다 실려갔다 눈 못 감고 실려갔다 붉은 꽃들도 울었다 백일홍들아 복사꽃들아 그대가 거기 서서 울고 있느냐 지우고 싶다 이 죄

울고 있다 누가 심장을 울고 있다 이건 흐르는 碑이다 자기 몸을 자기가 태우며 물풀을 집어삼키고 있다 비 온다

검은 그들을 무속적이라 불렀다 물밑 나뭇가지에 매달려 흔들리는 방울, 흔들어주었다 "엄마 땅끝에서 누가 울고 있어요" 무덤을 파헤치며 본다 뱀들, 춤춘다 저 물풀들 저 나무들을 감아올리는 빛들의 춤, 검게 너울 너울 헤엄쳐 그가, 물 먹으며 온다

나무들아 두드려라 둥둥둥 물북을 두드려라 그가 걸어와, 나무들아 몽유병자 같은 나무들 젖는가 그냥 서있어도 흰 천을 감고 소리를 웅얼거리며 움직여 어디론가 가는 나무들

시신을 들고 요괴 같은 나무들 젖는가 관을 떼어메고 형제들이 흰 면사포와 검은 망토를 걸치고 흰빛을

마시며 걸어가는 死者 같은 나무들 머리를 찍어도 아프지 않고 치마를 찢어도 피가 젖지 않는 빈 동공을 사방으로 텅 비어 떠, 돌아다니는 몽유병자 같은 나무들

　젖는가

　不淨하리라 돌이킬 수 없으리라 굽이치리라 겹치리라 깊은 물소리 타들어가는 빛, 먹으리라 빠지리라 헛디딘 육신 끌고 일어나 중얼거려라 시신들 綠 달이며 여기는 땅끝인가 전망대인가 여기는 죽었는가 살았는가 여기는 시작인가 끝인가 친구 여기는 날개치며 어즐한 텅 빈 현기증같이 여기는 굳은 식은, 너 몸인가 붉은 울음인가 일어나 중얼거려라! 검은 碑인가

　물가에 나무 한 그루 홀로 서 있다 물 속에 나무가 물 속으로 나무가 걸어 들어간다 휘적 휘적 물 먹는 나무들 물고기들이 훤하게 등불을 켜고 먹으며 비명을 털고 잎이 돋고 척척 달라붙으며 물 먹는 시체에 떨며 生을 찌르며 오오 환한 현기증 불잎같이! 두 눈 벼히는 물 속 뱀아 날아다니는 그대 가혹한 하늘 정말 이

것은 흐르는 흘러다니는, 她인가

3

아 얼마나 살고 싶었으면 이 바다는 血痕인가 그는
쳐다보고 있다 그는 사람이다 그는 검은 눈물 흘리며
비석 더듬는다 얼마나 그리웠겠는가 이 붉은 눈물 뚝
뚝 거두어가 默示! 떠 있는 비석을 어루만지며 얼마나
울었겠는가 고기들아 많이 묵어라, 이 시루떡 많이 묵
어라 고기들아

비! 온다 내 가슴 가르는 거미줄과 저 무덤을 둘러
치는 동백꽃 울음 사이 검은 비, 온다 독천이 흐르네
毒川 흘러 벌교 순천을 지나 강진에 이르면 내 가슴
風磬을 때리며 어질한 불새 날아오르고 진달래 미친
안개 퍼 먹는 女人이 젖는다 강간당한 여인들, 암매장
된 연인들, 젖는다 먹먹한 시절이, 젖는다

온 산천 젖어가는 귀신들 온 산천 초록의 한판 거적
을 깔고 밟혀 죽은 저 연둣빛 개들아 어찌할 건가 온
산 굽이치는 저 연둣빛 개들의 신음 소리를, 잘려 죽
은 저 눈들의 형형한 시체들을 어떻게 할 건가 비 온

다

　死者여 비 온다 젖으며 빈 배 온다 훨 훨 휜 천을
날리며 검은 비 맞으며 검은 비, 젖는다 수런 수런 비
석들 저기 도포를 쓰고 거무튀튀 굽이치며 기어온다
뱀들아 헛기침을 하며 눈을 뜨고 굽이쳐오나
　온몸 친친 감겨 굽이쳐오나

　오, 俗家의 검은 영혼들, 이 인연들 어여 오게 어여
와!

　암, 죽은 인연들아 어여, 어여, 웬일이신가

인연의 나뭇가지를 잡고

山을 오르면 나비가 난다 흰 나비 따라 한평생 길을
간 친구가 따라오라 한다

휘청 휘청 날개를 달고 흰 날개를 달고……

죽은 자의 전언을 너는 듣고 있느냐 너희 몸 속에
내가 살고 있다

밀어내어도 밀어내어도 내가 거기 더듬거리며 살고
있다

너는 숨을 쉬어야 한다 친구야 너는 숨을 쉬어야 한다

친구야 한세상 살다 보면

생명의 소리 들을 수 있다 말하지 않아도

생명의 가지 붙들고 울 수 있다

성수야

피 리
──그의 무덤가에서

제 몸의 성기를 빠시고 제 몸에 고름을 짜내시며
제 몸에 잎을 갈고 제 몸에 녹차를 달이시며
칡물처럼 그렇게 들러붙어 질 흐르는 웅덩이에
뜬 달, 피범벅으로 일어서는 새우와 게들
버들잎처럼 하이얀 핏줄을 그대에게 건네주고 드드
득
거문고로 건네는 그대의 옷! 天桃花를 들고 암소들
이 피리를 불고 있다

천공이여 너의 혓바닥과 너의 쓸개를 내려놓고 앉아
라
그리고 너의 손으로 너 혓바닥을 찌르고 그 칼로 너
의 쓸개를 먹으렴
"내 몸이 이렇게 돌처럼 굴러다니네, 너는 숯처럼 우
두커니 거기 있구나" 저 山의
아낙들은 모두 내 친척인가 돌로 머리 찍어 꽃,을
틔워낸다
분홍 꽃산으로 출렁거리는 이 흰 배는 소가 끄는 것
이지

牛皮들! 牛皮들의 빛나는 춤과 구름이 내린 밧줄, 소들아 말하라

내가 내 목을 밧줄로 끈다고, 헐어터진 두레박 여울 소리

심장은 고개를 쳐들고 거문고 토해낸다

칠성님, 이 뱀을 목에 감고 휘-이 날려보냅시다 휘이— 휘—, 날려보냅시다

물밑엔 시왕세계 꽃밭으로 떠 가는 배 한 척 달무리 그으며 아미타불과 眞露를 마시며 허, 허, 웃고 있는 암소들, 천지야

이승의 진혼가를 부르며 뽕나무밭을 건너는 거문고 소리 울려

무간지옥! 무간지옥! 연인들이 진흙을 쳐바르며 암소를 끌며

시왕세계 꽃산으로 떠 가고 있다

죽어라 죽어라

간첩선

이런 안개 낀 속에서 이런 젖은 단풍 속에서 내 몸
에 단풍들지 않으면
어쩌란 말인가
울그락붉으락 젖어드는……

간첩선! 나타났다 예비군들이 산에 깔렸다 가지와
잎 사이로
묻어 있는 얼룩덜룩 사람이 어둠 속 가지처럼 젖어
있다

간첩들 나타나라! 내 생애 절을 만들어 지으며 간첩
키우네
피로 얼룩진 마음의 혓바닥을 간첩들 형형히 떠 가
고

간첩들 떠 간다 울그락붉으락 내 마음도 절레 절레
부적을 날리며
젖어들고……

하천에서

질척거리는 하천에서 꼬물거리는 지렁이 한 마리
팬티와 팬티의 정액이 묻어난 시신의 헛손질을 어루
만지며
흘러가는 풀뿌리 하나! 정액은 타오르고
지렁이는 더욱 하천의 오염을 제 몸으로 받아 마시
는 저녁
어스름 등받이를 하고 老人은 물두레박을 지고 하
천, 걸어나오고 있다
저기 어머니가 나의 남근을 뿌리째 흔들며 걸어오고
있다
나는 눈물 흘리는 오후였다고 말하며 꾸욱 침묵하고
지렁이를 씹어 먹는 어스름 저녁이다 또 다른 하천
을 꿈꾸며
또 다른 갯가 썩어가는 갯지렁이를 꿈꾸며 나는 미
소짓는
이 밤 지렁이를 씹어 먹고 있나

영혼의 강

"히말라야 티벳이 저기에……"

눈밭에 싸이나를 먹고 죽어 있는 꿩들이 내 골을 치고 "그것은 결국 영혼이 문제일 거야……"

둥지를 틀어대는 새들! 빈 들에 사람이 많다 쑥밭을 캐는 처녀 비닐 옷을 꽉 껴입고 하수구

묶인 채 떠오르는 아이!

검은 老松 한 그루가 개천의 물을 죄다 빨아들이고 갈대는 저희들끼리 웅성거리고

神氣가 있다던 그애는 집을 나가버렸다 당나무여

너울거리는 흰 천 아래 저희들끼리 살 섞는 나무들은 늙었는가

구렁이 한 마리 저 댓숲에서 울어쌌고 개천을 따라가는 두 눈알

"살생을 하지 마라 살생을 하지 마라"

한다

식 물

    금난원에 가서 친구야 나는 식물을 보았네 물방울과 검은 고무신
    하늘까지 발 뻗고 벌받는 식물!

    나는 만졌다네 그 흰 뿌리 돋은 무덤의 푸른 천사를,
    천사는 말했지
    —이봐 이봐 피 흘리지 마 피 속엔 당신 가족이 길을 떠나고 있어

    친구야 나는 울었다네 식물을 잡고 아픈 식물이 내게 준 흰 천을 잡고 말이야

山　川

1

　버드나무집에 들러 머리 잡고 이 죽일 년 엉엉 울며
매달려보는 이 家系의 처절함이여
　흙담을 밟고 옆집에서도 자살을 했다 찔러 죽이지
못하는 父性과 끊기지 않는 탯줄을 잡고
　형과 나는 고개를 넘으며 울었다

　귀신처럼 달라붙은 저 허깨비들은 제발 그 허깨비들
은 다시
　버드나무집으로 가라 무덤 파헤치는 저 처녀의 신음
도 울음도 다 저 버드나무집으로, 가라

　얼어가며 쥐어뜯는 미끄러지는 이 바닥이 우리가 평
생 버드나무를 꺾으며
　언 버드나무 하늘 매달려 넘어질 개천이다

　─미순아　미순네이　너그 아부지이 절에서 염불할
때 너그 할매 칠성당에 공양드릴 때 너그 집 있잖아
　없어졌어 물이 그 집을 쓸어가버렸다 미순아

2

혼인가 영인가 귀신처럼 핀 진달래 붉은 몸 흔들리
는가 우는가
 휘적 휘적 이 山川 걷는 것이 그대인가 나인가 낮달
처럼 검게 검게 타들어간 눈물이여
 휘적 휘적 가는 그 길이 그대인가 그림자인가

 달 보고 짖는 저 개와 달 보고 짖는 우리 엄마와 달
보고 쟁기 무는 우리 아버지와
 아 아 달 보고 탯줄 끊는 우리 누님이여
 빛 강으로 꽃 피우듯, 빛 강으로 꽃 피우듯, 쓰러지
는구나 저 달 퍼 먹으며

 그 물빛에 실려간 내 주검과 내 사랑하는 애인의 헛
손질
 휘적이는 우리 엄마와 붉은 벽돌같이 울고 서 있는
우리 아버지와
 그 물빛에 실려간 내 아내의 주검과 안개꽃 무더기

 누가 달의 피를 마시겠나

유 언

1

붙들이라 불렀지요 나무를 치장하는 꽃처럼 국화에
싸여 이미 아버지는 세상을 떠나고 이쁜이라고
이름지어진 나의 언니는 고국에서 무엇을 하는지
생전에 애타게 기다리시다 세상을 떠나셨기에……
생이별의 이유를 알 길이 없고 저희 삼촌 이배룡씨
와 저희 큰언니 이춘녀씨를 수소문해보라고
아버지께선 유언을 하셨습니다 혹시 아시는 분
있으면 연락 주셨으면 합니다 흑룡강에서
이봉녀 올립니다

2

혜인아 너는 또 울었다 서울 황량한 밤 어느 구석
에 너는 또 울었다 여자를 납치한 사내가 나다
어두운 거리 멍청한 성욕 너는 지금 어디에서
피눈물 나는 남근을 애무하고 무릎 꿇어 술
따르는지 울지 마라 가슴에 피멍이 들어도 커튼을
치며 분노하는 세월은 준엄한 칼로 우리를 칠 테니
울지 마라 어떤 군홧발이 어떤 연예인이 우리를 짓
밟고 우리를 유린하더라도 울어서는 안 된다
울지 말자 혜인아

주검이 너에게 꽃처럼 떠, 간다

새가 나는 것, 기차가 외길을
씩씩 달리는 것, 그 앞이 절벽이고 낭떠러지인데
이 강은 홍수로 그 앞을 적셔
말이음표를 점점이 뿌리는
이 꽃, 꽃들
장의사가 켜든 불빛은 점점 떠, 오는데
새가 나는 것, 기차가 떠 가는 것
덜컹거리는 것이 이 바닥 생이냐 내 애인이냐
제발 사랑해다오 막무가내로 매달려
나를 죽여다오!
내가 떠, 가는 것이냐 너가 떠 오는 것이냐
친구야 제발,
새가, 기차가, 그리고 그리고 꽃, 꽃이…… 이건,
이건
낭떠러지지 않니?
주검이, 주검이 이토록 주검이
꽃처럼 너에게로 떠, 가
고 있어
이거
나를 죽여다오

유 서

봄밤 내 마음의 깃털 낮게 날고 싶은 하늘
현기증 같은 내 귀여운 고양이 나는 미치고 싶은 하
늘
나는 미치고 싶은 아이, 초록이야

이거 주검이야 초록 칼에 목 버히고 싶어 초록 물
뚝, 뚝, 듣는 초록 바다
잠기고 싶어 지수야

그짓을 하고 우리는 담배를 문다 나는 차가운 방바
닥에서 잔다 이게 생이다
자자 자자 아가야 내 좆이 흐려온다 성욕에 찬 물방
울 맺혀
뚝, 뚝, 떨어지는 살점들
아까워라 아까워라 나의 어머니 뜨거운 탯줄이여 나
는
지금 청아한 새의 울음 들으며……

참회하는 아름다움이다 물을 베고 참회하는 아름다
움으로 물을 껴안고

이건 지옥이야 지옥의 겉창을 열고 새소리 들어 쨱,
쨱, 쨱, 하는 저 소리
"내가 허리띠로 내 목을 끌어야지" 하는
저 소리, 나를 치네 저 모가지 잘라 어둠 속 피를
뿌려야지

"이건 지옥이야 이거 지옥이야"

내가 죽는 날은 올까 본능은 어떨까 헌혈은 우리의
건강 진단입니다
나는 잠이 오지 않아요 참꽃처럼 봄에 피는 꽃, 봄
에 죽는 꽃,
왜 죽습니까 내 머리 가로지르는 환시적인 칼, 보여
요 물고기 칼 꽃들 퍼덕여요
유서를 쓰지 않고는 견딜 수 없는 봄밤입니다

피 흘리고 싶어서 어떻게 해

야생화

　참 신기하다 살아 있다는 것 아이들이 나에게 돌을
던진다
　저 돌을 맞고 나도 아이들처럼 죽어뻐렸으면!
　빙판을 나와 보자기를 들고 가까이서 어머니가 손짓
하신다

"애야 들어오렴 애야, 애야……"

"울지 마세요 어머니 들국이 피었잖아요"

　참 신기하다 들국! 들국! 부르짖으며 하얗게 떨어져
죽은 아이들
　참 신기하다 살아 있다는 거 이거

희 망

둘러보아도 찾아보아도 우리에겐 집이 없다
아빠는 일 나가고 엄마는 파출부 나갔지만
우리는 우리가 놀 집이 이 世上엔 없다
TV에는 자가용도 타고 피아노도 치며
예쁜 옷과 맛있는 과자— 그러나 우리는
우리 옷이 제일 예쁜 걸 흙 묻은 이 옷이……
엄마는 집 떠나고 아빠는 병으로 죽었지만
꿋꿋하게 살아야 한다고 동생과 맹세하는 나는
연탄불처럼, 저 빛나는 백열등처럼
오늘도 일기장에 희망의 산을 예쁘게, 그려본다
엄마, 아빠, 내 남동생과 내가 행복하게
웃으며 놀러 가는 산, 언젠가 그 산에 오르면
우리 행복할 거다 꼭,

천 국

　형호야 나무에 영혼이 깃들여 있다 나무에 죽은 할
머니의 영혼이
　깃들여 있다 나무에 죽은 내 남동생 형호의 영혼이;
하얗게
　깃들여 있다 비가 오면, 손을 대는 내 몸으로 적셔
오는 빗물
　영혼의 춤은 귀신처럼 푸른 燐光이 쏟고 나는 흔들
리며
　빗물 더듬는다 형호야

　"내 젖은 몸에 붙은 이파리를 떼어주오 내 젖은 몸에
붙은 이파리를 떼어주오" 연못 속에서 미친 나무들과
함께 물을 먹는다 물고기 피가 난다 개가 짖는다 흙으
로 버무려진 육신

　나무들! "피 흘리는 나무를 그렸어 형" 어서 물을
먹어 나무야 어서 물을 먹자 떨리며 익사해온 형호의
눈을 보고 형호야 우리가 세상에

　너의 시신을 들고 천년을 사네 우리는 모두 관 속에
서 떨어지는 물이지 않니

이 길을 어떻게 가나 억울해서
엄마아

　개벚나무 미친 물개 되어 흰불이 되어 둔덕 저편 풀
밭 엉켜 하늘로 하늘로 헤엄쳐가는 너는 과거가 아니
냐 과거가 아니냐 나, 흐드러지게 핀 이 현재의 산철
쭉 개벚나무

　물굽이 누워 진 흐르는 바다 根을 뽑고 根을 뽑고
미친 물개 되어 흰불이 되어 境界 지우는 하늘, 풀밭
이야 여기 세상 풀밭이야 아퍼, 개벚나무 미친 물개
개벚나무 미친 물개

　목장갑을 벗고 개야, 너그 눈물 잘린 가지들 붕대
친친 감아주라 헛구렁같이 헛구렁같이 너 목을 감고
나도

　검게 신음하며 세상 인연들아 내 얼굴에 젖어드나
미쳐간다 중얼거리며 세상 속으로 미쳐가느냐 개벚나
무 미친 물개 개벚나무 미친 물개 이렇게 중얼거리며
내가 미쳐가

헛간에서 물을 마셨지, 응?

가을이 왔다 아니다 가을이 온다 오고 있다 뚜벅뚜
벅

삐그덕이며 문이 흔들리고 있다 그렇게 오고 있다
가을은 청아하게

내 눈을 건너 내 목을 잡고 내 가슴 구석을 쥐어뜯
으며

오고 있는 것이다 오고 있는 가을을 어떻게 할까?

가을은 나에게 헝겊을 주는가 빈 널을 주는가 가을
은 들꽃처럼 흔들리도록

내 눈물을 온통 떨구고 온 山川을 헤매는 귀신처럼,
친구!

나는 스산한 비껴선 하늘을 씨—익 올려다보고, 친
구 너는 거기 있니?

우리 그때 노래했었지
"첨벙 첨벙 두레박을 들고 이 물 건너는

그런 사람 되자"고 그때 그렇게 작은 소주잔을 쓰다
듬으며

노래했었지 불을 당기는 오후엔

우리 모두 그렇게 쓰러졌었지
"이것이 청춘이냐고" "이것이 정말 生이냐고"

그렇게 멱살 잡고 싸웠지

개새끼, 개새끼, 친구여, 잊었나 그 얼굴 잊었나 울
고 싶다! 나는 지금 헛간을 찾고 있는 것이다

"죄악이야 이건, 죄악이야

물을 마셔, 응?"

나무야 나무야 나무 나무 나무야

질척, 덮치며 이어가는
산조 같은 아쟁 같은 거문고 같은 대금 풀 풀
솔가지 소리 같은 뿌리 풀 풀 난 같은 竹 같은
주검 같은 하늘 같은 폭포 같은 헛구렁이……
드그 드 그 등 등 에- 헤—

어-허 어— 허 풀이야 허공 중에 풀이야
나고 죽어 어디 가나 이제 어디 가나
서러워 서러워 이 길 어떻게 가나
풀이야 풀이야 한 많은 바다 올라
어-허 허- 어— 어디로 가야 하나 어디로 가나

노인이여 노인아 소나무가 울어 울어
우는구나 아 하- 아— 하 울어 울어
벼락을 맞아도 구천을 떠돌아도 너그들이
눈물을 내 어찌 울어야 하노
아들아 내 아들아 아들아 내 아들아

아— 울지 말어 울지 말어
나무야 나무야 에-헤 나무야—

아비야 아비야 아— 울어 울어
어찌 여기 왔어 어찌 여기 왔어- 어 허
어 허 아—

짐승이 걸어온다 제 몸에
심장을 물고 제 몸에 털장갑을 끼우고
짐승이 울며 울며 두리번 두리번
온다 걸어온다 여기가 울음이 천지야
째지는 몸으로 두리번 두리번 천길
낭떠러지 형형한 눈빛을 끙끙대며 우물
뿌리며 허이- 허이—

어서 옷시요 어서 옷시요 검은
상복 우두커니 어서 옷시요
서방님네여이- 하여 어서 옷시요
여기 앉으시-요 손 없는 머리 없는
그대 서방님네이여이 옷시요
철, 철, 넘치는 도령 우두커니
오셨소-

시절 시절들

왔니? 애인들아 그렇게
억울하게도……

나의 광기가 죽는 날 너는 함박웃음꽃 피우며 달려
온다
내 가슴속 머언 나라로 치고 박고 치고 박고 피 흘
리며 피 흘리며
내 가슴속 머언 나라로 막무가내로 너는 온다 기어
코
그 영혼의 푸른 섬 아득한 바닥, 으로 온다 와

그 옛날 나의 옛 애인은 비가 오면 어느 바닷가 물
결치는 바위 위
자살하는 푸른 파도 껴안고 하늘 보며 멀리 멀리 깊
이 깊이 울었다

울었다
……밤늦도록 짐승처럼 울부짖는 나의 애인아!

그래 나의 광기가 죽는 날 너는 江 건너 함박

복사꽃 살구꽃 죽은 그림자로 서성이며…… 온다,
와,

　억울하게도, 온다

야생화여

—야생화여 내 몸 속
에 흐르고 있는 어떤 죄
악이 우리를 살게 하는
밤 이 밤은 침묵보다 쾌
락이 좋지 않겠는가

도마뱀의 상처난 허리에 아이들이 예쁜 아이들이 태
어나고 매독에 걸린 꽃들은
　봄을 죄악시 후두둑 제 침샘을 하늘로 세워 칼처럼
혓바닥은
　불 아궁이를 일렁거린다
　팬티를 벗어라 검은 정액을 타고 솟구치는 야생화
　뗏목을 타고 사슬을 놓으며 病 모가지 둥 둥 허벅지
허벅지 중얼거리며
　휘감는 감옥 배들이 미친 감옥 배들이 침 흘리며 떠
내려간다 21C 어귀 흰 천을 감고
　커다란 바람 물고기 그녀가 떠 내려간다

여울 2

결정을 보류하고 정신의 막대기를 하늘로 세우고 넋
은 가네 넋은 가고 질긴

정신의 망태기를 하늘로 띄우고 피치 못할 혼은 가
네 물빛

어디 있나 혼령! 일어나라 여울을 헤치고

칼이여 흐르는 지층의 허늘거리는 비닐, 천이여 반
역하는

물줄기에 내 엄마와 부르다 지친 아기들의 손잡음
출렁대는

헛간을, 어질한 마루를 따라 오뚝이는 또, 일어섰나

보여다오 육질 건너는 이 물보라, 물보라여 정신의
아득한 힘으로 넘어 엎어다오

근질거리는 질 속 빨간 한반도의 紅燈이여! 호호거
리며 이렇게

이겼나 이렇게 이렇게 졌나 여울목에서 울어예는 내

아이들이야 우리가 흐르네 이 형형한 죽은 물빛 눈
을 하늘로 뜨고 우리가 흘러

아 이

　아이가 엄마의 품을 안고 젖을 빠는 내 정신의 不毛
地에서
　어떻게 여기까지 왔나 내 피는 어떻게 구체적인가
누가 그대를
　사람으로 만들었나 썩어가는 눈동자에 매달린 것들,
천들, 사람들,
　피의 오두막을 짓고 피의 솥뚜껑을 열고 아 나무와
구름은
　육체를 너울거리는 정신을 붙들고 몸의 이 몸의 붉
은
　花苑을 만드는데 붉은 꽃들 뚝, 뚝, 떨어지는데 아
이야
　오늘은 현기증 나는 도랑에 정신의 날개를 꽂고서
마음의
　상여를 따라 내가 굳는다 아이야

다리 밑에서 그녀와 함께

　다리 밑에서 그녀와 함께 꽃을 꺾는다 아이들이 웃으며 棺을 끌고 저, 물을 건넌다
　엄마! 이 물빛이 우리를 끌어요 웃으며 물 속으로 사라지는 그대들, 아이들이
　山에 잠겼다 서둘러 서둘러 울부짖으며 나 그녀의 치마, 찢었다
　아이들이 산에 잠겼다
　다리 밑에서 그녀와 함께
　날아다니며
　符籍을 붙이며

　生을 꺾는다, 꽃을 꺾는다,

야생화, 물고기를 울리는 야생화,

야생화와 물고기

        물고기와 야생화

그것을 이어주는 손짓이 못난 시인이 하는 짓이다

물고기와 야생화

        야생화와 물고기

그것을 떼어주는 울음이 못난 시인이 하는 짓거리이
다

비가 억수로 오고 휘이- 휘이― 파랑새가 불을 켜
고 칠흑의 밤을 가로지르고

컴컴한 물 속을 헤엄치며 울고 가는 물고기 커다란 몸

물고기야

        물고기야

나도 따라갈 준비가 되어 있단다 물고기야

이 가지에 피어나는 꽃은

—거문고를 물고 그 노인이 온다

이 가지에 피어나는 꽃은 아무것도 가진 것 없는 꽃
이다
이 가지에 꽃은 피었는가 이 가지에 꽃은 피지 못한
꽃이라도 좋고 피고 지는 꽃이라도 좋다 다만 다만
이 가지에 피어나는 꽃은

나는 버짐이 돋아도 좋지만 나는 꽃이 되어도 좋지
만
피지 않는 꽃을 내가 끌어올 수 없지 않느냐 이 가
지에
다만 어둠이 당기고 있는 공간만 있다 이 가지에 부
서지는
영혼의 소리 들리느냐 사람 깊은 곳에
이 가지에 핀 아스팔트 같은 먼 손이 떨려온다 해도

이 가지는 대부분 부서지는 햇살이 되어 웅크리고
있다
이 가지에 돋은 꽃이 그 넋이 되리라는 예감에 나는
이 가지
옆에 있다 이 가지에는 꽃이 피어도 좋고 꽃이 쓰러
져도 좋다
이 가지는 피 토하며 떨어져가고 있나니

파로호

터널을 지나 이름없는 江으로 간다 어둠을 빼앗기고
넋처럼 핀 꽃에게 푸른 눈썹을 준다
　말하지 마라 힘없이 빼앗긴 자들, 너희 불타는 눈썹
이 죄가 될 수 있으니

　그러나 더욱, 고개 숙여라 친구, 헐은 모습 두고 떠
난 기찻길 아카시아꽃 핀다 아카시아꽃 핀다

　江邊 발을 담그고 나는 보았다 친구, 배 띄우는 저
녁 너 영혼을 데리고 떠 가는 것을

　그러나 푸른 섬으로 떠 오를 바닥에 선 너, 비 오는
어느 생애 친구 우리 어디로 가나
　얼굴을 지우고 시대를 지우고 우리가 떠, 가는 곳이
어디냐

　녹슨 철길에 엉킨 피가 너 배를 끌고 가는 곳은?

　기슭에서 우는 저, 검은 새를 보자 친구 꿔 억- 꿔
억―

피 토하고 있지 않은가

세월을 먹고 토해낸 너 영혼의 이파리 푸르게 푸르
게 울고 있지 않은가

늑대가 되어 울어다오 은사시나무가 되어 울어다오
까마귀가 되어 울어다오
청동구리관으로 암매장된 친구 무명천으로 암매장
된 친구

내 가슴속 영원히 영원히 암매장된 친구야

어느 물가를 헤매고 있니

영혼의 강가에서

가을 江이 흐르는 그 서늘한 山 우리는 떠 가며 한
없이 가라앉으리라
싸울 물고기도 헤쳐갈 풀도 친근한 물자국을 내며
물무늬 어리거늘 눈물 떨구거늘······

가을 江 물무늬 어리는 生에 가시 돋친 아이들이 운
다
텅 빈 강바닥으로 서서히 가라앉으며 제 서늘한 가
슴을 제가 어루만지며······

아이야 너희 가슴에 물무늬 돋았니? 너희에게 묘비
를 세워줄까?
아니에요 아저씨! 제가 符籍인걸요 저도 갈 수 있어
요

가을 江 가을 江이 흐르는 그 서늘한 山, 텅 빈- 너
희 가슴에 무엇을 안겨줄 수 있단 말인가
가을 江, 가을 江이 흐르는 그 서늘한 산 꽃잎은 하
염없이 내 가슴에서 떨어지는데······

아이야 너가 묘비를 잡고 우나

산수유가 핀 계곡에 앉아

산수유가 핀 계곡에 앉아 나는 죽을 수 있다고 생각
한다

흘러가는 저 물빛을 보며 떠 가는 헬리콥터를 보며
나는, 죽을 수 있다고 생각한다

저, 산수유 노란 꽃에 취해 내가 죽으면 내가 산수
유가 되고, 내가 노란 산수유가 된다

새들은 나 보고 죽지 마라 죽지 마라 하지만 바람은
나 보고 너 왜 그래 너 왜 그래 하지만

따가운 산수유에 취해 노란 산수유에 취해 나는 죽,
을 수 있다고 생각한다

죽자

휘영청 밝은 달에

1

아, 그래 구름에 빨려 내가 간다 구름 위에 우두커
니 서면 어둔 세상으로
　떨어지는 참 많은 깃털들

　피 뿌리는 그대들은 아름다워라 참혹해라 살점 뜯긴
그대들의 피

　나 그 큰 연못에 분홍 꽃뱀 보았다 나 그 그림자 따
라오는
　이승의 분홍 꽃뱀 보았다

　물방울 날리며 서서히 지워지는 내 몸에 놀란 그대
들

　죽어라 죽어라 그대들!

　죽음이 머리맡에 떠 넘실대는 것이다

　산다는 거, 이거 귀여운 것이다

휘영청 밝은 달에 둥실 둥실 떠 가는 것이다

2

꿈인가 생시인가 내가 살아 있다 내 몸을 태우는 화
덕에 누워

끼룩 끼룩 갈매기 울음에 누워

꿈인가 생시인가 환청하는 내 몸 우로 날아드는 저
하얀

물거품, 들

그래 불가의 환한 등을 내 몸에 감고 속가의 추한
등을 내 몸에 담아

갈라진 물고기 뱃속을 살아 타버린 육신의 그늘에
앉아

서늘한 나뭇잎처럼 일렁이며

제도 탄생 이전의 음향들

정 과 리

　여기는 절멸 이후의 세계다. 도처에 시체들이 즐비하
다. 무심코 아무 쪽이나 열어보면, "어느 추운 새벽 거
리에서 언, 얼어가던 시체 하나"(9)가 쓰러져 있고, "피
멍 든 상여가 출렁거"(17)린다. 시의 창은 "사형당하는
물소의 늪, 창 찔린 물소의 늪"(24)을 향해 있다. 시의
도시에는 "천연두가 돋〔고〕, 역병이 돌"(58)고 있으며,
시의 안방에선 "엄마 왜 날 죽였어요"(40) 하며 "시체가
운다"(58). 시의 현장에는 "누가 내 아들을 죽였어"(73)
하며 시체의 애인 혹은 어머니가 "밤늦도록 짐승처럼 울
부짖"(116)고, 시의 유적에선 "강간당한 여인들, 암매장
된 여인들"(93)이 발굴된다. 시의 하늘마저도 "한 여자
고교생이 하의가 벗긴 채 〔……〕 서 있다"(87). 시의 미
래도 "기차가 외길을/씩씩 달리는 것, 그 앞이 절벽이
고 낭떠러지"(105)이다. 그뿐이랴, 시체는 주체가 목격

하는 것만이 아니다. 그의 가슴속에는 "영원히 암매장된 친구"(125)가 들어서 있다. 그 또한 이미 산 목숨이 아니다. "나는/시체처럼 벌떡 일어"(81)서고, "새들은 나보고 죽지 마라 죽지 마라 하지만," 나는 자꾸만 "죽자"(127)고 다짐한다.

시의 공간(창·도시·방·현장)도, 시의 시간(유적·미래)도, 시의 대상은 물론 시의 주체도, 바깥도 안도, 과거도 미래도, 너도 나도 그들도 온통 시체고 죽음이다. 그러나, 그런데도 독자는 죽음을 느끼기보다, 시체 더미에 질식하기보다, 신생의 기미를 호흡한다. 사망 직후의 적막보다 탄생 직전의 막막하고 아득한 소음들을 감청한다. 신생아의 울음으로도 정의될 수 없는 결코 말로 표현되지 못할 음향들을. 그는 그 소리들을 받아 「언어 탄생 이전의 음향들」이라고 적는다. 그리곤 곧 이어, 언어는 곧 제도이니까, 「제도 탄생 이전의 음향들」이라고 고쳐 적는다. 왜 그랬을까? 어느 시편에서, "살아야 한다"(28)는 다짐, 혹은, "참 신기하다 살아 있다는 거 이거"(108)라는 탄성을 들었기 때문? 아니면, "얼어가던 시체 하나"의 진술에서처럼 시체가 '살아' 움직이기 때문에? 그것도 아니면, 오래 전에 읽은 리샤르Jean Pierre Richard의 글의 제목 「나라 탄생 이전의 형상들」이 여전히 매혹적인 느낌으로 남아 있어서?

김태동은 1991년 「버드나무 가지 아래에서」 「푸른 개와 놀았다」 등 5편의 시를 발표하며 시인 명부에 그의 이름을 처음 등재하였다. 등단할 당시 그는 이미 백여

편의 많은 시를 가지고 있었고 데뷔 이후에도 8년 동안 묵묵히 시만 썼다. 오늘의 첫 시집 『청춘』은 그 동안 써 놓은 수백 편의 시들 중에서 추린 것들의 모음이다. 그러니까, 『청춘』은 그가 청춘을 바친 시집이다. 이 청춘에 왜 이리도 피비린내가 진동하는가? 그 청춘이 "지옥"(107)에서 보낸 한 철이기 때문이다. 그는 '80년 5월 광주로 시작한 추악한 80년대에 청춘 시절을 보냈고, 그것은 그의 정신적 방황과 문학적 모험에 항구적 강박관념처럼 작용하였다. 물론 가슴의 격정이 눈의 관찰을 압도하는 그의 시에서 지시적 참조 사항références은 그리 뚜렷하게 나타나지 않는다. 그럼에도 불구하고 독자는 저 여인의 울부짖음이 군사 독재 정권에 의해 자식 잃은 어머니의 그것임을 직감적으로 느낄 수 있고, "내 가슴속 암매장된 친구" 역시 살아남은 자에게 내내 죄책감에 시달리게 하는 "질질 끌려"(72)간 이임을 알아볼 수 있다. "5월의 장송곡"(61) 혹은 "미친 백골단과 권력들은 또 어디론가 쇠파이프와 몽둥이를 싣고 떠나고"(30) 같은 시구들은 시인의 강박 의식의 현실적 진원을 좀더 확실하게 보여준다.

그러니까 시인이 보여주는 절멸의 풍경은 저 흔한 가상 시나리오가 아니다. 그것은 너무도 분명한 역사다. 물론, 그곳에는 정치 권력에 희생된 시체들만이 있는 건 아니다. 거기에는 "정든 사람은 정든 사람끼리 가난했고 그들은 매일 피를 토하며 낯선 이방인과 / 싸우다 쓰러졌다"(32)의 철거민, 광부(43), 농약을 먹고 죽은 농부(45), 미전향 장기수(62), 스승(67) 등도 무참하게 버려

져 있다. 그러나, 그렇다는 것이 시 전반의 역사성을 훼손하지는 않는다. 오히려 그것들은 그것을 더욱 강화한다. 이 죽음들은 거개가, 질서의 이름으로, 순수의 이름으로 인간이 인간에게 행한 학살과 폭력의 희생자들이다. 그러니, 이 죽음의 다양성은 김태동 시의 역사적 현실을 희석시키는 게 아니라 거꾸로 보편화한다. 그 보편화 속에서 80년대의 독재 정권이 자행한 정치적 사건들은 그대로 캄캄한 정치적이고 실존적인 환경 속으로 넓혀진다.

　보편적 죽음의 환경에 대한 의식, 그것은 90년대에 비롯된 것은 아니다. 연속적이고도 더욱 뻔뻔해진 두 군사 독재 체제를 걸쳐 경험한 80년대의 시인들이 이미 삶의 토양 자체가 죽음과 다를 바 없음을 뼈저리게 느끼고 있었다. 황지우는 "여기는 초토입니다 // 그 우에서 무얼 하겠습니까" (황지우, 「에프킬라를 뿌리며」, 『새들도 세상을 뜨는구나』, 문학과지성사, 1983)라고 썼으며, 이성복은 "보이지 않는 감옥" (「1959년」, 『뒹구는 돌은 언제 잠 깨는가』, 문학과지성사, 1980)이라고 적었고, 김정환은 "슬픈 짓밟힘" (「취발이」)과 "저질러진" (「지하철 공사장에 다녀와서」, 『지울 수 없는 노래』, 창작과비평사, 1982) 역사로 시를 가득 채웠다. 그 죽음의 환경, 죽임의 상황 앞에서 임철우는 아도르노를 직접 끌어와 이렇게 썼다: "아우슈비츠의 학살이 있었고, 그 후 아무도 아름다움을 노래하지 않았다. 더는 누구도 꿈꾸지 않았다" (「사평역」, 『아버지의 땅』, 문학과지성사, 1984).

　그러나, 이들과 90년대의 시인 사이에는 급격한 단층

이 있다. 아무리 죽음을 말해도 80년대의 시인들에겐 죽음의 계산법으로 환산되지 않는 나머지 영역을 가지고 있었다(이에 대해서는, 졸고, 「80년대의 시생산」, 『스밈과 짜임』, 문학과지성사, 1988을 참조하길 바란다). 김정환에게는 '황색 예수'가 있었고, 이성복에게는 "後金의 아내" "별, 내 손가락 끝/뜨겁게 타오르는 정적," 그리고 "어머니" 등의 빛나는 혹은 인내하는 희망의 상징들이 있었다. 세계의 부정성에 가장 밀착해 있던 황지우에게도 "낙타"가, 즉 결코 양보할 수 없는 '자아'가 있었다. 마찬가지로 "발효하는 시체의 냄새" 가득한 무인칭들의 세계를 그린 『진흙소를 타고』(민음사, 1987)의 최승호에게도 '진흙소'가 있었다. 그 진흙이 비록 "언제까지 요컨대 넌 엎드려, 진흙입네 하고 있어야 하는 걸까"(「넙치인지 낙타인지」)의 굴종의 진흙에 불과하더라도, 진흙의 탁월한 끈기와 변형 능력은 거대한 똥통을 이루는 것에서 생의 의의를 길어냈다. 요컨대, 80년대 시인들의 행동은 죽음에 대한 삶의 저항으로 수렴되었다. 그 삶의 영역, 혹은 남는 삶의 부분이 김태동에게는 없다. 그곳에 운동이 없는 건 아니지만, 그 운동들은 산 자들의 운동이 아니라 시체들의 운동이다. 그것은 앞에서 읽은 몇몇 시구들을 다시 되새겨보는 것만으로 충분하다. "얼어가던, 시체 하나": 시체는 죽어서도 무언가가 되어가고 있다; "한 여자 고교생이 하의가 벗긴 채 [……] 서 있다": 시체는 쓰러지지 않고 서 있다; "사형당하는 물소의 늪, 창 찔린 물소의 늪, 물소 간다, 물소 간다": 물소가 매몰당한 곳에 물소가 간다; "나는 시체처럼 벌떡 일어선다": 시체가 유령이 되어 벌떡 일어서는 게 아니라 내가 시체처럼 벌떡 일어선다: 일어서 있는 건 산 자가 아니라 시체; 무작위로 뽑은 그 밖의 예들: "무덤들, 혼(魂)들 하나 둘 이승의 하수구 물빛 부여잡고 일어나 어제 죽은 황씨(黃氏) 장례식에 참석하고"(13); "주검이, 주검이 이토록 주검이 / 꽃처럼 너에게로 떠, 가 / 고 있어"(105); "어서 내 모가지 돌려다오"(18); "아이들이야 우리가 흐르네 이 형형한 죽은 물빛 눈을 하늘로 뜨고 우리가 흘러"(119).

죽음의 운동, 혹은 시체의 운동은 의혹과 매혹을 동시에 불러일으킨다. 어떻게 그렇게 되었는가, 다시 말해, 김태동의 시 세상에는 왜 삶의 나머지 영역이 없는가, 가 의혹의 주제라면, 어떻게 그것이 가능한가, 다시 말해, 시체의 운동 역학은 무엇인가, 가 매혹의 주제이다. 의혹의 주제가 시의 발생학을 묻는다면, 매혹의 주제는 시의 알고리즘을 묻는다.

어째서 죽음밖에 없는가? 이것은 분명 90년대적 주제이다. 그렇다는 것은 90년대 시의 관심은 정치적 학살이 아니라 보편적 사망에 있다는 것을 뜻한다. 90년대 시 일반을 놓고 말하자면, 아이러니컬하게도 그 보편적 사망의 대두는 정치적 학살이 공론화된 때와 일치한다. 80년대 내내 정치적 학살은 공적으로는 '은폐'의 상태에 머물러 있었다. 그 학살을 잊을 수 없는 사람들에게, 혹은 그 은폐를 참을 수 없는 사람들에게, 삶은 은폐된 죽음이었다. 혹은 은폐된 죽음이 삶이었다. 죽음의 힘은 바로 그 은폐로부터 나왔다. 죽음은 은폐의 형식으로 삶을 살 수밖에 없었던 것이다. 이 은폐된 죽음이 마침내 공공의 수면으로 부상한 것은 80년대말에 와서이다. 그리고 곧 이어 보편적 사망이 닥쳤다. 무슨 보편적 사망? 이념의 사망, 삶의 뜻의 사망, 그리고 시의 사망이 그것이다. 변혁의 전망은 증발하였고, 생의 효율성이 삶의 뜻에 대한 질문을 내팽개쳤다. 그리고 70년대말부터 예견되었던 시의 죽음이 마침내 작동되고 있었다.

그렇다면, 90년대 들어 공적 지위를 획득한 80년대의 정치적 학살은 바람직한 해결의 궤도에 접어든 것인가, 아닌가? 80년대에 그것이 은폐되었다면, 90년대의 그것의 공론화는 혹시 분식(粉飾)의 대상으로의 전화를 기껏 나타내는 것이 아닌가? 그래서 그것은 정치적으로, 문화적으로 써먹히고 있지는 않은가? 그에 대한 대답은 다양할 수 있겠지만, 우리의 시인은 그렇다고 대답하는 듯하다. 아니, 차라리 시인에게는 90년대의 문제들이 아예 부재하는 듯하다. 가령, 90년대의 핵심적인 문제들인, 문학의 죽음, 개인 의식의 범람과 상표들의 환란, 그에 따른 90년대적 존재의 가벼움, 그 가벼움 혹은 생의 지리멸렬로부터 오는 허무 의식 같은 것들이 그의 시에는 없다. 그는 보편적 사망을 다루면서도 그것에 80년대적 학살의 강도와 열기를 그대로 입힌다. 물론 90년대의 시에도 기형도의 부존재성, 진이정의 적멸, 유하의 적막, 조은의 도로(徒勞), 이윤학의 침묵과도 같은 탈색의(혹은 표백적) 죽음만이 있는 것은 아니다. 그 죽음들이 형해와 뺄인 유골들의 죽음이라면, 남진우의 망령들의 세계

136

에는 피가 낭자하고 불길이 이글거리는 '총천연색 시네마스코프'다(유하의 '잡색 나방' 또한 그러한데, 여기에서는 분석을 생략하겠다). 그러나, 남진우의,

> 집마다 거리마다 사나운 유랑민들로 가득 차 있다
> 유랑민들이 칼과 도끼를 들고 집 지붕을 뜯어내고
> 층계를 걸어내려오고 있다 저들이
> 망치로 우리의 두개골을 두드려 열고
> 밤새 뇌수를 빨아마시고 있다
> 유리창을 부수고 여기저기 불을 지르며

> 이 밤 망령들이 돌아다니 (「망령들의 잔치」「죽은 자를 위한 기도」, 문학과지성사, 1996)

는 세계는 김태동의,

> 내 방을 걸어 잠가도 물밀듯이 꽃들은 쳐들어오네 내 窓門을 내려도 물밀듯이 꽃들은 넘어오네
> 내가 묘비라도 되는가 나에게 화원을 달라, 원혼이 잠들듯이 나도 잠이 들고, 굳은,
> 내 몸을 찌르며 물밀듯이 꽃들은 연이어 쳐들어오는데, 내 목이 잠긴다, 물결친다, 이—

> 도취된 물을 주오 이 피치 못할 물빛 들어주오 (「미친 물소 미친 물소」, 24~25)

라고 외치는 세계와 아주 다르다. 남진우에게 망령들의 날뜀은 축제적이고 자기 도취적이다. 그 세상은 삶을 조소하는 죽음들만의 세상이다. 그에 비해, 김태동의 "도취"를 갈망하는 세계는 거꾸로 재앙적이다. 죽음들은 여기서도 넘쳐나지만 그 죽음의 범람은 그러나 유령들의 부활로 이글거리지 못하고, 공간의 붕괴를 야기한다. 이 붕괴된 공간의 세계는 또한 채호기의,

> 그러나 삶이여, 네가 죽었을 때 얼룩만이 남으리라. 얼룩만이 오래도록 남아 사랑을 증거하리라. 죽음에 파묻혔을 때 얼룩으로 숨쉴 수 있으리라. 삶이여, 네가 네 가족과 행복한 이 시간에도 얼룩만이 죽음과 대면하고 흥정하며 잠시라도 너의 몸에서 죽음을 가려주리라. (「사랑의 얼룩」, 『밤의 공중전화』, 문학과지성사, 1997)

와 같은 철저한 이질화의 세계와도 다르다. 채호기의 시에선 삶이든 죽음이든 모두 완강한 사물들로 뒤바뀌어 버린다. 그 사물화된 죽음—삶들은 그 직전의 존재태, 즉 삶과 죽음을 동시에 차단한다. 그것은 삶에 대해 죽음만을 되비치고 죽음에 대해 삶만을 되비친다. 반대항으로 번쩍이는 차갑고 거무튀튀한, 그래서 더욱 미끌미끌한, 탄성의 세계가 채호기의 세계라면, 반면 김태동의 죽음들, 시체들은 반사적이지 않다. 그것들은 서로에 대해 충돌적이다. 부딪쳐 서로 깨지고야 만다. 깨져서 "촌스러운 인연"(34)으로 얽히고야 만다.

이상의 비교는 김태동의 시 세상이 90년대식 '죽음만

의 세상'과도 다를지도 모른다는 추측을 불러일으킨다. 혹, 그는 80년대에서 90년대로 넘어오기를 거부한 것이 아닐까? 그는 80년대의 문제 의식을 그대로 받아, 아주 다른 길을 간 것이 아닐까? 과연, 한 시의 부제를 그는 "청춘의 시절 『낯선 시간 속으로』를 넘겨 땅끝으로 간다"(88)고 쓴다. 『낯선 시간 속으로』는 물론 '83년에 출간된 이인성의 소설집(문학과지성사)을 가리킨다. 그것을 우리는 "80년대를 넘어"로 의역할 수 있다. "땅끝"은 무엇인가? 단어가 가리키는 것은 그것이 극단적인 장소라는 것뿐이다. 극단적인 장소란 아주 머나먼 장소라는 뜻인가? 하지만 실제의 시에서 그 땅끝으로의 '월장'("넘겨"간다고 했으니까)은 시의 주체를 그리 멀리 가지 못하게 하는 듯하다. 왜냐하면,

  이 길엔 왜 이리 불빛이 많은가 왜 이리 환한 불빛 띠가 엉켜 우는가 끊이지 않는 이 띠들은 정녕, 귀신인가 (89)

에서 보이듯 시의 주체는 "환한 불빛 띠〔에〕 엉켜" 허우적대고 있기 때문이다. '머리 인용'은 그 점에서 암시적이다. "천사와 거지들" "불씨 타는 하늘에 훨훨" "피흘리며" 하늘로 가고자 한다. 하늘에 올랐으나 아직 하늘에 닿지 못해 묻는다: "이제 어디까지 가야 하늘이에요?" 그 하늘 아래, "땅으로 땅으로/기어가는/고목 한 그루"가 있다. 그 고목, 천사와 거지들을 본받아 묻는다. "이 산 오르면 하늘이에요?" 대답한다: "아니,"/"아니야 거긴 무덤이야"/"생전 무덤이라니까." 비상과 초

월에의 의지는 죽음으로의 회귀에 불과한 것이 된다. 아니, "땅으로 땅으로[의] 기어"감, 즉 땅끝으로의 원족은 결국 "생전 무덤"의 맴돌기로 귀착한다("생전"이란 "아무리 하여도"라는 뜻이다). 하늘에 뜬 천사와 거지들도 하늘에 닿지 못하고, "푸르름 푸르름 잎 털어내며" 땅을 기는 고목도 무덤으로부터 한치도 벗어나지 못한다.

그 땅끝은 바로 여기 죽음의 땅이다. 그는 80년대의 문제 의식을 그대로 받았으나, 80년대 시들과 달리 그의 죽음과의 환산법에는 우수리가 없었다. 다시 말해 삶이 없었다. 그것은 궁극적으로 기댈 터전의 상실을 뜻한다. 시인이 스승의 죽음을 두고

집이 없다. 그가 죽은 것이다"(「죽은 집의 기록」, 70)

라고 적은 것은 그 때문이다. 또한 「희망」이라는 제목의 시에서도

둘러보아도 찾아보아도 우리에겐 집이 없다 (109)

라고 말하여 희망과 동의어로서의 집의 부재를 말하는 것도 그 때문일 것이다. 결국, 땅끝은 가장 먼 곳의 땅이 아니다. 땅끝은 땅의 끝장, 즉, 땅의 죽음이다. 삶의 우수리가 없어서 죽음만으로 채색되었다는 것, 즉 삶의 영역을 확보하지 못하고 있다는 것이 바로 '삶의 뜻의 상실'로서의 보편적 사망이라는 90년대적 시 공간 속에 그를 성큼 집어넣지만, 한데, 그는 90년대의 시들과도

다를 수밖에 없다. 그는 "끊이지 않는 이 띠"들에 묶여 있기 때문이다. 그것은 김태동 시의 죽음의 보편성이 다른 90년대의 시들처럼 그 자체로서의 운동력을 갖지 못한다는 것을 가리킨다. 그는 여전히 '삶' 쪽에 목을 걸고 있기 때문이다. 그 삶은 "내 몸 속에 살아 있는 세월"(44)이다. 그의 세계가 죽음인 것은 그토록 살고 싶어서다:

아 얼마나 살고 싶었으면 이 바다는 血痕인가 (「이것은 흐르는 碑이다」, 93).

황지우는 "앞바다에 왜 혈흔이 떠 있는가/앞바다에 왜 혈흔이 지워지지 않는가"(「몬테비데오 1980년 겨울」)라고 물었다. 그 물음 안에 생각의 부푼 공기를 불어넣는 것은, 지워지지 않는 혈흔을 부각시키는 바다이다. 그에게는 바다라는 드넓은 연대가 어쨌든 심정적으로나마 있었다. 김태동은 그러나 그렇게 묻지 못한다. 아니, 이 의문문은 물음이 아니라, 한탄의 강조법이다. 그것이 말하는 것은 바다 전체가 혈흔이라는 것이고, 그렇게 된 까닭은 [정말] 살고 싶"어서라는 것이다.

그러니, 시인은 이중의 결여에 처해져 있다. 그에게는 삶이 없다. 동시에 그에게는 죽음의 영역도 없다. 그의 시체들은 모두 삶 쪽을 향해 고개를 돌리고 있기 때문이다. 그래서, 도처에서 그 주검들은 "환한 물고기 눈"(27)하고, "형형한 죽은 물빛"(76) 띠고, "눈 큰 물빛 동공환"(47)하니, 그 주검들은 "저 눈들의 형형한 시체들"

(93)이다.

본래 죽음은 삶의 부재를 가리키지만, 언제부턴가 그
것은 동시에 비존재의 존재성을 가리키게 되었다. 사람
이 삶을 강조한 때부터 더불어 죽음도 함께 부피와 체적
을 가진 생명체로 생장하게 되었고, 죽음이 미만한 곳에
서는 죽음만이 '살아' 움직이기 때문이다. 그리고 그런
세상에서는 죽음은 저의 언어, 저의 제도, 저의 정부를
별도로 갖는다. '노스페라투'에서부터 '아담스 패밀리'에
이르기까지 죽음의 세계는 이미 자국어를 가진 세계다.
김태동에게는 그 죽음마저도 없다. 그렇다는 것은 그의
시어는 '언어'가 아니고 소음의 상태로 전락해 있다는
것을 암시한다. 과연, 그의 말들은 격정의 복판에서 무
차별적인 은유의 소용돌이에 휘말려 제 곡조를 모르고
한없이 굽이치고 있는 듯이만 보인다. 도대체 "칼이여
흐르는 지층의 허늘거리는 비닐, 천이여 반역하는"(119)
에서처럼 "칼"과 "흐르는"과 "천"을 잇는 괴이한 형용법
은 어디서 온 것이며, "식물처럼 혼자 걸어요"(13)에서
처럼, 식물을 걸린다는 것은 말이나 되는 건가? "이 무
덤 풀들 말라죽어 고목(枯木) 같은 태양만 정오를 할퀴
며"(48)처럼 태양을 고목에 비유하는 엉뚱함은 그렇다
치고, 또, "기쁘니 영산이 우리의 벼루 같은 묵(墨)이야"
(85)처럼 영산이 묵이라는 희한한 발상도 그럴 수 있다
치더라도, "오늘은 현기증 나는 도랑에 정신의 날개를
꽂고서"(120)에서 날개는 왜 '펼쳐지지' 않고, '꽂히는'
것인가? 시의 형상들이 왜 이리, "뱀들아 헛기침을 하며
눈을 뜨고 굽이쳐오나"(94)에서처럼, 동작을 주렁주렁

달고(헛기침 · 눈뜸 · 굽이침) 있는가? 그 동작들은 천수관음(千手觀音)의 그것인가? 상상 괴물의 그것인가? 시의 구문들은

> 뒤켠, 휘장을 치며 바람은 山神에 누워 그림자 일렁이며 지장아
> 삐걱 문을 열고 검은 띠 두른 그 개가 영전처럼
> 뛰쳐나와 암놈을 쫓아간다 수런거리며 화닥닥 타는 덤불숲
> (「극락사」, 75)

에서 보이듯, 왜 이리도 뚝뚝 끊겨 있는 건가? 누운 바람은 "그림자 일렁이"는데, 왜 갑자기 "검은 띠 두른" 개가 뛰쳐나오는가? 게다가 웬일로 그 개는 어디에 있었기에 "그 개"인가? 그 사이에 비명처럼 박혀든 "지장아"는 화자가 보살을 부르는 소리인가? 인물(바람?)이 개를 부르는 소리인가?

그러나 이 말들의 무차별적 혼돈은 삶을 향한 유일 의지에 의해 통어되고 있다. 그것은 필연적이다. 왜냐하면 이 혼돈은 죽음의 강을 완전히 건너지 못한 주체가 생 쪽으로 기어코 몸을 돌린 데서 나오는 것이기 때문이다. 그리고 그렇다면, 여기에서 근본적인 반전, 아니 차라리 근본적인 시간 이동이 태어난다. 이 소리들은 죽음의 잔해로부터 생의 질료들로 재생된다. 역사 이후는 어느새 최초의 선사(先史)가 된다. 저 비명은 이 외침이다. 저 신음은 언어가 수런대는 소리이다. 그리고 그렇다면, 저 말의 무차별적 혼돈이 그냥 혼돈일 수가 없다. 그것들은

아주 잘 조직된, 혹은 직조(織造)되어가는 혼돈이다. 김
태동에게 있어서 그 짜이는 언어는 삶의 언어도 죽음의
언어도 아닐 것이다. 그것은 어긋난 채로 충돌한 삶과
죽음이 서로를 찢으며, 서로를 이으며 만든 전혀 새로운
언어일 것이다. 지나치게 수사적으로 지시되어 있긴 하
지만, 그 언어는,

> 迷妄에 허덕이며 빛 차단된 어둠 속 헤매는 검은 바람들아
> 여기 우리들의 사랑법은
> 生者와 死者가 부여잡고 있는 밧줄 그 세월의 下流에서 만
> 나는 靑天江 (「下界여」, 57)

의 언어일 것이다.

　여기에서 언어의 발생학은 언어 생산 체제로 건너간
다. 그것은, 실은, 같은 과정의 양면이다. 그러나, 언어
의 생산 과정은 결코 동전으로 비유될 수는 없다. 무슨
말인가 하면, 두 과정은 같은 바탕의 두 가지 다른 양태
가 아니라, 두 면의 동시적 진행 중에는 '바탕' 자체의
변개(變改)가 실천된다는 말이다. 언어 알고리즘은 언어
의 발생학을 해체 재구성한다. 기본적으로 그것은 운동
의 필연성을 운동의 체계로 바꾸는 것, 의지의 표출을
형태의 구성으로 바꾸는 것을 내용으로 한다. 그 변형
속에 앞에서 무차별적 은유의 소용돌이로 보았던 말들의
혼란은 이질적 어휘들과 구문들의 긴밀한 짜임으로 다시
나타난다. 가령, 우리에게 놀람과 의혹을 유발했던 한

시구를 다시 읽어보면:

> 뒤켠, 휘장을 치며 바람은 山神에 누워 그림자 일렁이며
> 지장아
> 삐걱 문을 열고 검은 띠 두른 그 개가 영전처럼
> 뛰쳐나와 암놈을 쫓아간다 수런거리며 화닥닥 타는 덤불숲

"검은 띠 두른 그 개"는 "휘장을 치며" "산신(山神)에
누"운 "바람"의 변용이 된다. 그 변용을 뒷받침하는 것
은 주제적으로는 죽은 자(를 추모하는 자)의 죽음에 대한
저항이라는 돌발적 의지이며, 형태적으로는 "그 개"의
'그'라는 지시어와 "휘장"과 "검은 띠"가 공통적으로 가
진 '천'의 질료적 속성, 그리고 "뒤켠"과 "영전"의 공간
적 대응이다. 처음 순차적으로 읽을 때는,

- 죽은 이를 화장하고 그 빻은 뼈를 거두었다;
- 유골을 보관하고 그 앞에 휘장을 쳤다;
- 바람이 불어 휘장이 흔들렸다;
- 그것은 마치 죽은 이의 생에 대한 미련 혹은 죽은 이에
대한 우리의 그리움을 보여주는 듯했다;
- 갑자기 그 휘장으로부터 검은 개가 튀어나왔다: 휘장을
펄럭이며 튀어나왔기 때문에 개는 검은 띠를 두른 듯이 보였
다;
- 개는 암놈을 쫓아 덤불숲으로 들어갔다;
- 두 개가 엉킨 덤불숲은 화닥닥 타오르는 듯했다,

라는 의미 사슬로 이루어져 있는데, 독자는 "그 개"의
'그' 때문에 순차적으로만 읽을 수가 없다. 그는 '그'의
지시적 상관물을 찾기 위해서 앞의 구절들로 되돌아간
다. 되돌아가 보니 "그 개"는 "바람"으로, 다시, 그 "바
람"은 죽은 이의 은유로 읽힌다. 그 개가 바람이라는 해
석은 바람이 휘장을 치듯이 그 개도 검은 띠를 둘렀다는
데서 온다. 그 "바람[이] 산신에 누"웠다는 것은 죽은
이가 산신령에게로 귀의하고 있다는, 즉 죽음을 수락하
여 그 절차를 밟고 있다는 뜻이다. 그러나, 바람은 술렁
여 생에 대한 미련을 여전히 작동시킨다. 바람은 그러니
까 귀의와 귀환이라는 두 모순적 욕망의 느슨한 결합이
다. 이 미지근한 충동들은 그러나 갑자기 거세진다. 아
마도 "소주를 건넨다 새들은 헐벗은 가지를 하늘로 틀
고"의 앞 구절이 함축하고 있는 좌절·분노·슬픔이 영
원한 이별에 직면하여, 짓눌려 터진 것이리라(산 자들이
관을 부여잡고 갑자기 통곡을 하듯이). 그때 설렁대던 바
람은 돌풍이 되고 휘장이 펄럭여 생과 사의 통로를 선명
하게 부각시키고 열어놓는다("삐걱 문을 열고"). 그렇게
통로가 열리자 "뒤켠"은 바로 휘장 앞, 즉 "영전"과 통
하게 된다. 죽은 이는 화자의 심상 속에서 문득 죽음의
장소로부터 생의 이곳으로 튀어나온다. 그런데 영전의
원 뜻은 "죽은 이의 영혼을 모셔놓은 자리의 앞"이다.
상식적으로 그 영전은 산 자와 죽은 이의 거리 혹은 단
절을 가리킨다. 그러니, '영전'은 그 자체로서는 생으로
의 화살표를 가지고 있지 않다. 그것을 점화시키는 것은
"영전처럼"의 '처럼'이다. 그것은 영전 그 자체가 튀어나

146

왔다는 것, 즉 생과 사의 거리가 돌연 붕괴하는 광경을 비추인다. 영전엔 영정(影幀)이 있게 마련이니, "영전처럼"은 거센 돌풍을 받아 영정이 땅으로 떨어진 사건을 가리키는 것일 수도 있다. 아무튼 '처럼'은 영전에 생의 충동을 주입한다. 그리고, 생의 충동은 생의 충동을 부른다. "암놈"의 출현은 충동을 강화하고 동시에 그 충동에 자가 생산 설비를 갖추어놓으려는 충동이다. 그것은 충동에 대한 충동이다. 그 충동의 충동이 덤불숲을 이루고, 그때 생의 충동은 그 본래적 의미인 에로스의 충동으로, 즉 교합과 생산의 희열을 향한 리비도적 충동으로 확대된다.

순차적 읽기에서 이질적인 것들의 연쇄는 순환적 읽기를 통해 은유들의 긴밀한 짜임으로 바뀐다. 그 직조는 죽음에 대한 절망과 분노를 그 자체로서 생의 희열적 운동으로 바꾸려는 의지의 표현이다. 그렇다고 슬픔이 정말 희열로 바뀌는 것은 아니나, 슬픔의 한복판에 가장 극단적인 반대항이 깊이 새겨지게 된다. 그래서 그의 "정신의 날개"는 펼쳐지지 않고 '꽂히는' 것이다. 바로 추락의 핵심 속으로, 그래서 추락의 현장 자체를 갈라 두 날개로 만들려고 하는 것이다. 하지만, 이어지는 시행: "돌려다오 내 아들을, 돌려다오 내 아들을, ,"이라는 행이 가리키듯이 이 희열에 대한 환각은 곧 절망의 격발과 동일 현상이 된다. 희열에 대한 의지 한복판에 그것과 가장 대척적인 반대항이 틈입하게 된다. 채호기의 시에서 이질적 사물들이 각각의 반대항을 되비춘다면, 김태동의 시에선 이질적인 정념들 한복판으로 각각의 반대 정념이 파고든다. 그렇게 해서, 죽음의 절망 속에 생의 회열의 의지가, 생의 회열의 의지 속에 죽음에 대한 분노가, 깊이 박힌다. 슬픔은 의지에 의해 홍해처럼 갈라지고, 분노는 회열을 터뜨려, 절정 속에서 터져 나오는 욕설처럼, 자신의 좌절로 변색시킨다. 그 정념들의 균열의 작업에는 수미쌍관이 없다. 그것들의 기본 형식은 죽음과 삶의 대위법이지만, 그것들의 전개는 끝이 없다.

해석상의 남는 문제 둘: ① 왜 "개"인가? 현실적으로 죽은 자가 다시 살아 돌아올 수는 없기 때문이다. 개는 불가능한 부활의 심리적 대치물이다. 개는 은유이자 환유이다. 그것은 삶에 대한 의지이되, 삶의 불가능성 때문에 유령화된 의지이다. 개는 그러니까, 관에서 뛰쳐나온 시체의 은유이고, 재생에 도달하지 못하는 유령의 환유이다. 그 개의 색깔은 원리적으로 푸르다. 푸른 개는 그 색채로 삶 쪽을 가리키지만, 동시에 그 색채의 지시성에 의해서 삶의 불가능성을 가리킨다(현실적으로 푸른 개는 존재하지 않는다.) 그 푸른 개가 "날개 치는 푸른 개"이고 "물빛 심장 죽은 개"(12)인 것은 그 때문이다. ② "지장아"의 '지장'은 누구인가? 그것은 그 외침의 발성 주체가 누구인가를 밝혀야만 해석될 수 있다. 가능성은 두 가지이다. 하나는 화자가 장례식의 광경을 묘사하면서 그것을 독자에게 알리고 모종의 행동을 촉구하기 위해 부른 소리라고 보는 것이다. 그때 '지장'은 독자 일반이면서, 시 안의 죽음을 보상할 만한 행동을 요청받은 존재로서의 독자이다. 다른 하나의 해석 가능성은 부름의 주체와 대상을 모두 시 안의 '인물'들로 보는 것이다. 그때 지장은 '개'이며, 마지막 행에 다시 한번 그 부름이 있기 때문에 '개'는 죽은 자이고 부르는 자는 어머니라고 생각할 수 있다. 지장이 미륵불의 출현을 준비하는 인고와 실천의 보살이라 할 때, 전자의 시각에서는, "지장아"는 실천의 미래형이며, 후자의 시각에서는, 그것은 실천의 과거형, 즉 죽은 자가 실천한 희생을 환기시키는 부름이다. 어느 해석이든 그 부름의 최종적인 수신자는 독자이다. 전자의 경우는 낯설고 괴이한 울림으로 직접 독자의 의식을 두드린다. 후자의 경우는 아들을 잃은 어머니의 슬픔을 그 격렬성을 통하여 독자에게 전이시킨다. 후자의 경우는 감정이입의 연쇄에 바탕을 두고 있고, 전자의 경우는 '낯설게 하기'의 효과에 기대고 있다. 겨우 세 음절밖에 되지 않는 이 외침이 수사학의 과거와 미래를 한꺼번에 아우르고 있다.

이 분석은, 그러나, 한 단편적 시구에 대한 분석일 따름이다. 여기에서 나온 시의 방법론을 그대로 김태동 시 전체에 대해 적용할 수는 없다. 시의 알고리즘은 시 하나하나마다 다르며, 그것을 밝히는 것은 이 해설의 몫이 아니라 훗날의 독자들의 몫이다. 다만, 해설에서는 위 분석을 토대로 일반화되고 유형화될 수 있는 방법적 절차들을 요약하는 것만으로 만족하기로 하자.

(1) 김태동 시의 출발선은 '살았으나 죽은 것만 못하고, 죽었으나 눈 감지 못한다'라는 말로 요약할 수 있다. 그에게 삶과 죽음은 어긋나 있고 동시에 엉켜 있다. 그

런데 시의 운동 역학은 그 어긋난–엉킴 자체로부터 솟아난다. 그것은 그 어긋난–엉킴을 풀려고 하는 데서 오는 게 아니라, 그 어긋남을 얽어 짜려는 데서 나온다. 왜냐하면, 그는 그 어긋난-엉킴에서 "인연이 질"(44)김, 즉 필연성을 보기 때문이다. 그는 "인연의 깃을 치"(19)고, "인연의 끈을 끊지 마세요 어머니"(78), "가세 인연의 끈을 밟고 가"(61)자고 청유하며, "오, 俗家의 검은 영혼들, 이 인연들 어여 오게 어여 와!"(94)라고 인연을 부른다.

> 〔……〕 인연이란 무엇인가 참으로
> 징하고 징한 내 심장이 물든다 물에 젖어 벌컥 벌컥 대는 저 머리도 쉬 이, 쉬 이,
> 넋판을 기웃거렸겠지 (「절간」, 79)

에서 보이듯 인연은 "내 심장〔을〕 물들"게 하는 것이고, 따라서 "생명의 가지"(95)이다.

(2) 그러나, 인연의 인식만으로 삶과 죽음의 얽어 짬이 가능하지는 않다. 인연은 '연대'와 달리 에너지가 한 곳으로 모이지 못하는 무정형의 에너지들의 흐름 그 자체이다. 따라서 인연의 얽어 짬이 가능하기 위해서는 우선 터전(공간)이 마련되어야 하고, 주체의 존재태가 구성되어야 하며, 존재의 역사(시간)가 실행되어야 한다. 그 공간·주체·시간은 어떤 상태에 있는가? 그것들은 인연 때문에 엉켜 있으나 동시에 갈라져 있다. 그 갈라짐의 기본 구도는 멈춤과 흐름이다.

魂들은 피 흘리며 전봇대 쇠뭉치 뛰어넘어 時代의 험한 전
깃줄 날아 하늘로 하늘로 떠갔지만 나는요 식물처럼 나무, 등
걸에 굳어, 섰는 소녀의 팔을 잡아요 (「푸른 개와 놀았다」,
13~14)

에서 나타나는 떠다니는—혼/굳은—나의 대립이 바로
그것이다. 시집의 어느 곳을 뒤적여도 쉽게 확인될 수
있을 만큼 이 구도는 거의 불변항인 형태의 심층이다.
이 바탕 구조는 삶과 죽음의 어긋남이라는 주제 대립에
그대로 상응한다.

(3) 이 어긋남을 어떻게 얽어 짜는가? 우선은 터전을
마련해야 한다. 앞에서 보았듯, 공간의 부재는 생의 근
거의 부재와 동의어이다. 죽음밖에 남는 게 없는 세상에
서 우선은 생의 여백을 확보하는 것이 중요하다. 그러
나, 그것은, 어디에도 생의 기미가 없기 때문에 오직 시
체들, 죽음의 표징들을 가지고 할 수밖에 없다. 시인의
연금술적 상상이 작동하는 것은 여기에서이다. 어떻게
하는가? 예지는 죽은 시체는 땅으로 돌아간다는 상식으
로부터 온다. 그것이 「미친 물소, 미친 물소」에 잘 나타
나 있다.

허파를 쥐고 쓰러져 우는 아이를 쥐고 물소 간다 물소에
대하여 허무는 넋의, 자맥질에 대하여 늪 같은
늪에 대하여, 물소 간다 공기 방울에 걸려 작은 허파 고무
신에 걸려,

사형당하는 물소의 늪, 창 찔린 물소의 늪, 물소 간다, 물
소 간다. (24)

　물소는 진행되는 죽음, 저항 때문에 더 격렬해지는 죽
음의 은유이다. 이 물소가 시의 말미에 이르면,

　물이여 피범벅이 된 검붉은 소에서 우어! 우어! 물소 굽이
쳐

　물 (+) 소로 분리되어, '물'은 피범벅 그 자체가, 소는
그 피범벅을 담은 늪(沼)이 된다. 소(牛) → 늪(沼)으로
의 전화가 바로 죽음의 운동을 생을 위한 터전으로 만드
는 작업인데, 이 작업을 뒷받침하는 것은, "목이 잠긴
다, 물결친다, 이—"와 "'자르네, 자르네,'"로 지시된
죽은 것들의 통합과 죽은 것들의 찢김이다. 죽음은 도처
에 넘쳐 모두 무차별적으로 쌓인다는 것이 그 통합의 의
미이며, 죽은 것들은 잘려 분해되고 그럼으로써 피와 살
점, 뼛가루들의 더미를 이룬다는 게 그 찢김의 의미이
다. 그 통합과 찢김에 의해서 죽은 것들은 피범벅의 물
로 변화하고, 그 피범벅의 물이 그 자체로서 늪을 이룬
다. 진행 강화, 분해과 통합, 실체와 공간의 융해, 라는
세 가지 절차를 통해 이루어지는 이 운동의 공간화는 조
금 다른 방식이긴 하지만,

　비가 주룩 주룩 오고
　사철나무 댓잎이 비에 젖는다

152

멀뚱 멀뚱 눈망울 뜬 채
검은 고무신 소리 대문을 나서는데
비가 주룩 주룩 온몸으로 맞으며
거기 정지한 채 물끄러미
멀뚱 멀뚱 두꺼비

운다 (「영혼」, 49)

와 같은 짧은 시구에도 적절히 작용하고 있다. 다른 방
식이라는 것은 분해와 통합을 실행하는 것이 "주룩 주
룩" "멀뚱 멀뚱"의 의성어·의태어라는 데에 있다. 비는
'주르륵' 내리지 않고 '주룩 주룩' 내린다. 두꺼비는 '멀
뚱히' 쳐다보지 않고 '멀뚱 멀뚱' 본다. 그 의성어·의태
어는, 그러니까, 동작의 복수성을 가리킨다. 그 동작의
복수성이 비가 닿는 곳들을 개별화하고 눈의 시야를 넓
혀 풍요와 여백을 조성한다.
　(4) 이 공간은 아직 미맹(未萌)의 밭이다. 즉 삶의 기
미들은 아직 없고, 다만, 죽음의 수량적 팽창과 정비례
해 삶에 대한 열망들이 더욱 강화될 뿐이다. 물의 "피범
벅"은 죽음의 미만(彌漫)함이면서 동시에 생을 향한 열
망의 창궐을 가리킨다. 그 열망이 기미로 바뀌려면, 공
간이 다시 살아 꿈틀거리는 생명체들로 다시 변모해야
한다. 가령, "등 굽은 시대"(13), "빛을 지고 강들이 등
굽어 신음하듯"(58)에서 보이듯 '등 굽은' 시인의 공간
은 놀랍게도,

뱀들아 헛기침을 하며 눈을 뜨고 굽이쳐오나
온몸 친친 감겨 굽이쳐오나 (「이것은 흐르는 碑이다」, 94)

뱀들, 춤춘다 저 물풀들 저 나무들을 감아올리는 빛들의
춤, 검게 너울 너울 헤엄쳐 그가, 물 먹으며 온다 (위와 같은
시, 60)

주검 같은 하늘 같은 폭포 같은 헛구렁이……
드그 드 그 둥 둥 에 - 헤 — (「나무야 나무야 나무 나
무 나무야」, 114)

에서처럼 '굽이치는 뱀' '춤추는 뱀'으로 변용된다. 그리
고 이 변용은 즉각적이지 않다. 그 사이에는,

바람은 물을 돌아 불꽃 일렁이며 그 뱀은 굽이치고……
(「절간」, 78)

에서 보이듯, 불꽃이 있다. 즉 등 굽은 공간의 어느 부
분에 불꽃이 일렁이고 그 순간 공간은 뱀이 되어 굽이친
다. 이것은 한국어의 음운적 자질을 활용한

연등, 연등이 켜진 산중턱은 아름다워라 (「여울」, 54)

연등은 뱀처럼 굽어 산으로 사라지고 (「하늘로 흐르는
강」, 26)

같은 시구들에서 더욱 재미있게 나타난다. 요컨대, '등 굽은 시대' → '연등' → '뱀'의 변용이 공간을 생명화하는 절차이다. 그 절차를 가장 아름답게 형상화한 시구는

> 휘적휘적 물 먹는 나무들 물고기들이 훤하게 등불을 켜고 먹으며 비명을 털고 잎이 돋고 척척 달라붙으며 물 먹는 시체에 떨며 生을 찌르며 오오 환한 현기증 불잎같이! 두 눈 벼히는 물 속 뱀아 날아다니는 그대 가혹한 하늘 정말 이것은 흐르는 흘러다니는, 姚인가 (「이것은 흐르는 碑이다」, 92~93)

으로 보인다. 이 시구에는 변용의 과정이 그것의 까닭·효과와 더불어 생생하게 드러나 있다. 우선 등 굽은 공간(이 공간은 "물 먹는 나무들" "물 먹는 시체"로 표상된다)의 특정한 부분들이 "등불을 켜"는 것은 "비명을 털"기 위해서다. 거기에 등불이 켜지면, "잎이 돋고," 그 잎으로부터 "생을 찌르"는 "환한 현기증"이 솟아나온다. 잎은 "환한 현기증 불잎"이다. 그 현기증 불잎은 공간의 실상에 가새표를 치고("두 눈 벼히는"), 그 '나무' '시체'를 통째로 "날아다니는" 뱀으로 만든다. 그 뱀은 그러니까, 가라앉아 무거운(물 먹은) 시체와 미끌미끌한 물고기들의 어긋남의 결합이다. 그러나 그럼에도 불구하고, 이 변용이 "두 눈 벼히는" 행위를 동반하고 있음을 알기 때문에, 이 뱀의 탄생은 그저 본래의 '나무,' 본래의 '시체'의 부활일 수 없다. 그것은 본래의 나무, 시체로부터 떨어져나온 '갈망되는' 나무, 시체이다. 그것은 〔그리운〕

"그대"이며, 따라서, "가혹한 하늘"이다. 욕망은 결코 달성되지 않는다. 시인이 보여주는 것은 욕망의 존재이며, 그것의 지연이고, 그 지연 때문에 끝없이 계속되는 욕망의 추구이다. 그리고 바로 그것이 생의 원동력인 것이다.

공간→생명의 변용 과정은 따라서 다음과 같은 추상적 논리로 요약될 수 있다: ① 죽음의 전체에서 부분을 특성화한다; ② 특성화된 부분을 확대해서 '상상적' 생의 전체를 만든다; ③ 죽음의 전체와 생의 전체를 통째로 교차시킨다. 그 교차의 접점은 특성화된 부분이다. 처음에 어긋났던 생과 죽음은 여기에 와 서로의 은유가 된다. 그리고 그 상호 은유를 통해,

> 내 목에 처연히 드리우고서 뱀들, 휘황한 뱀들,
> 내려오고 있다
>
> 내 목에 밧줄을 풀어줘, 어서 (「피를 부르는 나뭇가지들」,
> 10~11)

의 밧줄 (⇄) 뱀처럼, 죽음의 절박한 느낌 그 자체가 생의 실존적 감각으로 전율한다. 지시적으로는 밧줄=뱀이지만, 감각적으로는 보색(補色)으로 얼룩을 이룬 뱀이 목을 친친 감으면서 생과 사의 영원한 투쟁의 인연을 꼬고 있는 것처럼 느끼게 한다. 그 투쟁은, 그것의 완결되지 않은 변주에 의해서, 애초의 기하학적 공간을 삶과 죽음을 대위법적으로 얽어 짜는 감각적 시간으로 늘린

다. 그렇게 해서, "도마뱀의 상처난 허리에 아이들이 예쁜 아이들이 태어나고"(75)

　〔……〕 매독에 걸린 꽃들은

　봄을 죄악시 후두둑 제 침샘을 하늘로 세워 칼처럼 혓바닥
은

　불 아궁이를 일렁거린다 (「야생화여」, 118)

　(5) 이 공간 → 생명 → 시간성의 차원 변개에서 핵심
적인 기제는 부분의 특성화이다. 그것은 전체의 질서로
부터 부분을 이질화시키는 절차인데, 그럼으로써 전체에
순간적으로 의미의 결락이 발생한다. 의미 생산의 행위
가 그 자체로서 무의미의 생산이 되는 것이다. 이 무의
미의 생산은 김태동 시의 전반적인 혼란이 노리는 효과
이기도 하다. 가령, 앞의 "지장아"의 경우와 같은 난데
없는 부름의 소리들은 슬픔이나 원한 등 하나의 정서에
깊이 빠져 있는 정황을 더욱 강화하는 데 기여하기보다
는 오히려 그 정황에 돌연 상처를 내면서 각성을 유도하
는 기능을 갖는다. 또한,

　밥상머리에서, 차 안에서,

　푸른 무우가 먹고 싶어! 매달려보는 5月 어느 밤은 지나가
고

　내 귀에 경적 소리 들리는 것이다

　철커덕, 철커덩,

푸른 무우 다오 푸른 무우 다오 (「5월의 나무 아래에서」,
54~55)

같은 시구도 무척 흥미롭다. 우선, 경적 소리와 "철커
덕, 철커덩"의 괴팍한 연결. "철커덕, 철커덩"은 '소리'
이긴 하지만, 경적 소리라고 할 수는 없다. 그것은 소리
에 대한 독자의 기대를 충족시키며 동시에 '경적 소리'
에 대한 기대를 배반한다. 도대체 그것이 어떻게 경적
소리일 수 있단 말인가? 다음, "철커덕, 철커덩" 자체의
'덕/덩'의 소리의 미세한 변이. '철커덕'은 "탄탄한 물
체가 매우 차지게 맞부딪칠 때 나는 소리"이고, '철커
덩'은 "탄탄한 쇠붙이 따위가 거세게 부딪쳐 울릴 때 나
는 소리"(『흔글 우리말 큰 사전』)이다. 사전 그대로의 뜻
풀이로 보자면 그 두 소리는 별차이가 없다. 그러나, 그
용례로 보자면, 두 소리는 아주 다른 소리이다. 『사전』
은 '철커덕'의 용례로 "기차가 철커덕 움직이기 시작했
다"를 들었고, '철커덩'의 용례로 "철문이 철커덩 닫힌
다"를 들었다. 하나는 운동의 추진 동작이 내는 소리이
고, 후자는 운동을 정지시키고 운동의 가능성을 탄압하
는 소리이다. 이 소리들의 미세한 차이는 두 개의 정반
대의 해석 가능성을 놓고 독자를 순간적으로 의미의 공
백 상태 속에 들어가게 한다. 마지막으로 "푸른 무우"라
는 생경한 상징 언어. 도대체 "푸른 무우"란 무엇인가?
그 뜻은 같은 시 안의 "5月의 어둡고 습기찬 푸른 나무
들" "연일 누런 주스가 된 똥통" 등과 비교할 때 어렴풋

이 싱싱한 삶의 그로테스크한 알레고리로서 이해된다. 그러나 이 알레고리의 존재 의의는 그 뜻에 있는 것이 아니라, 그것이 수행하는 '기능'에 있음을 주목해야 할 것이다. "푸른 무우 다오 푸른 무우 다오"는 해독이 어려운 그 상태로서 앞의 의문들을 이해하게 하는 역할을 하고 있다는 것이다. 시의 문맥을 살피자면, 그것은 앞 연의 "철커덕, 철커덩."의 번역으로 이해할 수 있다. 그러니까, "철커덕, 철커덩."은 단순히 운동의 소리, 혹은 운동자가 갇히는 소리가 아니라, 희원과 소망의 소리였던 것이다. 따라서, 자연스럽게 더 앞 연의 "경적 소리"에 대한 의문도 풀리게 된다. 그 경적 소리는 곧 미래를 알리는 소리라기보다 미래를 요청하는 소리였으며, 그 미래를 요청하는 소리는 요청의 관념으로서 나타나는 게 아니라, 운동의 시도와 그 탄압의 실제적 역학을 통해서 나타난 것이다. 그것이 "철커덕, 철커덩."의 기능적 의미이다.

(6) 이처럼, 무의미의 생산이 노리는 것은 무의미 효과가 아니라, 상반된 의미들, 즉 현실의 죽음과 상상의 삶을 서로 꿰어 있게 함으로써, 의미의 공백을 곧바로 의미 생산의 실존적 정황으로 바꾸는 것이다. 앞에서 말했듯, 이 절차의 핵심부는 부분의 특성화이다. 부분의 특성화에 이해서, 상반된 정념들은 그냥 대립하지 않고, 서로의 안에 박히게 된다. 말을 바꾸면, 시의 외형 구조 안에서 생과 사의 대립은 객관적 대립으로 직접 드러나지 않는다. 가령,

희망과 하나 둘 부러져가던 너 열기의 나무들 짐승이다 이

　거 짐승도 밥을 먹어요 부르짖으며 (「下界여」, 57)

에서 보이듯, 희망/절망의 대립은 희망/짐승의 대립으
로 나타난다. 그렇게 되는 것은 두 개의 대립이 서로에
대해 걸쳐져 있기 때문이며, 따라서, 언제나 한 항목은
대립자를 포함하고 있기 때문이다. 대립자가 완전히 배
제되지 않기 때문에, 한 항목 안에는 대립자의 영향을
받아 다른 것으로 변용될 가능성을 운명처럼 새기게 된
다. 앞의 '짐승'은 절망의 동의어가 아니라, 희망의 "열
기"를 식히지 못하는 절망이다. 그 점에서 그 절망은 암
담한 절망이 아니라, 씩씩거리고 술렁거리며 희망을 파
헤치는 절망이다. 시 읽기의 관점에서 보면, 이 범주 혼
란의 대립은 분명한 이해를 방해한다. 분명한 이해가 방
해받는 대신, 독자는 암시와 유추(저 상징주의자들 때부
터 시의 고유한 미덕이 되었던)를 통해 비잉 둘러 시의 세
계에서 벌어지는 긴장과 갈등을 이해하게 된다. 그것은
포괄적인 이해이며, 분명한 대립이 어느 한쪽의 편들기
를 조장하는 것과 달리, 그 포괄적 이해는 삶의 정황과
갈등 전체를 한꺼번에 이해하도록 한다.

　　…………………… 내가 저 시체더미들, 저 죽음들의 시
끄러운 비명들, 언어 되지 못하는 잡음들의 세계에서 언
어 탄생 이전의 수런대는, 살랑대는, 웅성거리는, 소리
들을 들은 것은 단지 환청이 아니었으리라. 내 청각 기
관의 어느 부분이 공명의 주파수를 찾아 덩달아 울렸으

니, 그리고, 크게 울리고 싶어 조바심했으니, 그 희미한 소리들이 새 언어의 기미들을 늙은 나무가 새 이파리들을 피어올리듯이, 쉼없이 피어올렸기 때문이리라. 그 공명 속에서 저 무의미의 소음들은 세상에서 가장 독특한 언어의 태내 이야기 혹은 옹아리, 또는 선사(先史)인 것이다. 그 선사가 역사의 문턱을 넘을 때, 그토록 독특한 언어(파롤)도, 언어 제도(랑그)의 역사에 참여할 것인가, 아닐 것인가? 그 물음은 오직 독자들, 그러니까, 미래의 시인 역시 분명 등록되어 있는 잠재적 독자들에 의해서만 대답될 수 있을 것이다. ▧